Flores del corazón

Carol Marinelli

Bianca®

HARLEQUIN®

Editado por HARLEQUIN IBÉRICA, S.A.
Hermosilla, 21
28001 Madrid

FLORES DEL CORAZÓN, Nº 1734 - 7.2.07
Título original: Wanted: Mistress and Mother
Publicada originalmente por Mills & Boon®, Ltd., Londres.

I.S.B.N.: 978-84-671-4584-7
Depósito legal: B-53201-2006
Editor responsable: Luis Pugni
Composición: M.T. Color & Diseño, S.L.
C/. Colquide, 6 - portal 2-3º H, 28230 Las Rozas (Madrid)
Fotomecánica: PREIMPRESIÓN 2000
C/. Algorta, 33. 28019 Madrid
Impresión y encuadernación: LITOGRAFÍA ROSÉS, S.A.
C/. Energía, 11. 08850 Gavá (Barcelona)
Fecha impresion para Argentina: 6.8.07
Distribuidor exclusivo para España: LOGISTA
Distribuidor para México: CODIPLYRSA
Distribuidores para Argentina: interior, BERTRAN, S.A.C. Vélez Sársfield, 1950. Cap. Fed./ Buenos Aires y Gran Buenos Aires, VACCARO SÁNCHEZ y Cía, S.A.
Distribuidor para Chile: DISTRIBUIDORA ALFA, S.A.

Capítulo 1

INAPROPIADO.
Fue la primera palabra que cruzó la mente de Matilda cuando unos inquisitivos ojos negros se clavaron en su rostro que, excepcionalmente, llevaba maquillado.

El hombre se limitó a seguir caminando y Matilda se quedó desconcertada, pues era extraño que en un hospital alguien se comportara con tanta descortesía cuando se le hacía una consulta en un pasillo.

—¿Dónde?

Una sola palabra bastó para que Matilda identificara un acento extranjero, tal vez griego o español. Quizá estaba visitando a un enfermo en Australia.

—¿Dónde ha dicho que quiere ir? —insistió él, malhumorado. Y Matilda tuvo la certeza de que el acento era italiano.

—Al salón de actos —dijo ella—. Hoy se inaugura el jardín del hospital y tengo que asistir —miró su reloj y exhaló un suspiro de impaciencia—. Debía haber llegado hace cinco minutos.

—¡*Merda*!

Aunque Matilda no sabía italiano, tuvo claro que se trataba de una palabra malsonante, y decidió que no tenía por qué soportar un comportamiento tan grosero por parte de un desconocido. Dio media vuelta. Tendría que encontrar su destino sin ayuda.

–Disculpa –el hombre la alcanzó en un par de zancadas.

–Siento haberte molestado –dijo ella, mirando al frente con gesto airado. Llegaron a unos ascensores y pulsó un botón sin importarle adónde la llevara.

–Estaba irritado conmigo mismo, no contigo –dijo él al tiempo que sonreía tímidamente y se encogía de hombros para dulcificar sus palabras. Matilda no pudo evitar darse cuenta de que el acento dotaba a su forma de hablar de una exquisita sensualidad–. Yo también tengo que acudir a la inauguración, y me había olvidado del cambio de hora.

–¡Qué lástima! –masculló ella para sí. Y entró en el ascensor.

Él la siguió.

–¿Perdona?

–Nada –mintió ella, rezando para que el ascensor se pusiera en marcha. La presencia de aquel hombre le resultaba perturbadora. Su mirada, su voz, su estilo eran… *inapropiados*.

La asaltaba de nuevo aquella palabra, pero no ya por el comportamiento maleducado del desconocido, sino por su piel cetrina, el reloj de oro que pudo ver cuando pulsó el botón, el aroma ácido de su loción de afeitado… Lo miró abiertamente y, al ver el conjunto que hasta ese momento había atisbado por partes, sólo encontró un adjetivo para describirlo: increíblemente guapo.

Matilda se sorprendió de tener ese pensamiento dado que, desde la traumática ruptura con Edward, sus hormonas habían entrado en un estado de absoluta indiferencia hacia el género masculino.

Por lo menos hasta aquel instante.

Pero el hombre que tenía ante sí era de una belleza exquisita, como si una hermosa escultura hubiera cobrado vida. Y lo cierto era que le resultaba familiar. ¿Sería una estrella de cine?

Matilda jugueteó con los botones de su escote para hacer algo con los dedos, y suspiró aliviada cuando se abrieron las puertas del ascensor. Él la sorprendió al cederle el paso caballerosamente, y Matilda pensó que habría sido mejor que mantuviera su actitud hostil y, sobre todo, no tenerlo a su espalda y sentir que su mirada le quemaba al recorrer su traje de chaqueta con una falda que de pronto le resultó demasiado corta, sus piernas, enfundadas en unas medias casi transparentes, y sus altos tacones.

−¡Vaya! −se quedó parada ante un cartel con una fecha y un mensaje−. Han trasladado la inauguración al jardín de la azotea.

−Es lógico −dijo él, encaminándose hacia los ascensores que señalaba la flecha−. Después de todo es lo que venimos a inaugurar hoy, y no el salón de actos.

Matilda lo siguió en silencio. Ella misma había insistido en que la inauguración tuviera lugar en el jardín, pero el personal de administración se había opuesto. Evidentemente debía haber encontrado la manera de trasladar a los enfermos, y habían optado por la solución que ella había propuesto originalmente.

Pero los nervios que sentía en aquel instante no

tenían nada que ver con la ceremonia que le había hecho sentir mariposas en el estómago toda la semana, sino con el hombre con el que tenía que volver a encerrarse en un ascensor.

Tuvo el impulso de salir corriendo, pero era demasiado tarde. Él la miraba con impaciencia mientras presionaba el botón para mantener las puertas abiertas.

No había escapatoria posible.

Inadeguato.

La palabra acudió a su mente en cuanto la mujer se puso a su lado.

Inadeguato sentir y pensar lo que estaba pensando.

Dante podía oler la tensión sexual en el aire del ascensor. Y no era sólo el perfume que ella llevaba, sino su mera presencia, el que fuera tan... Tardó unos segundo en encontrar la palabra para describir adecuadamente a aquella desconocida.

Divina era quizá la que más se aproximaba.

Llevaba el pálido cabello rubio recogido, enmarcando un rostro de grandes ojos verdes con pobladas pestañas y unos labios tan carnosos que casi resultaban exagerados en el delicado conjunto de sus facciones, donde destacaba una encantadora nariz levemente respingona. Evidentemente era una mujer que se cuidaba. Iba bastante maquillada y daba la impresión de pasarse horas en los salones de belleza. Algo de colágeno podía haber hinchado aquellos labios hasta hacerlos irresistibles, e incluso un poco de Botox debía de haber suavizado sus arrugas para dotarla de aquella piel de porcelana.

Todo eso pensó Dante mientras, por primera vez en mucho tiempo, estudiaba detalladamente el rostro de una mujer.

Sabía que no estaba bien mirar fijamente a alguien. Era *inadeguato*. Sobre todo tratándose de una desconocida. Una mujer que no era su esposa.

El ascensor se sacudió, y la mujer hizo una mueca de horror que tiró por la borda la teoría de Dante sobre el Botox.

–¡Se ha parado! –exclamó ella al sentir que dejaban de moverse. Antes de que pudiera pulsar el botón de emergencia, Dante le sujetó la muñeca.

Matilda tuvo la sensación de que la marcaba con un hierro, y la inquietud que había sentido hasta ese instante se multiplicó. Las sensaciones que despertó la mano del desconocido en ella encendieron una luz de alarma en su interior.

–No se ha parado. Este ascensor tiende a hacer una parada aquí… ¿Ves? –Dante la soltó al tiempo que el ascensor volvía a moverse. Matilda vio por primera vez que llevaba una alianza en el dedo, y sintió una mezcla de desilusión y de sosiego. El anillo bastó para comunicarle que aquel hombre tan inquietantemente atractivo estaba comprometido, y de pronto sintió que se había comportado como una tonta al sentirse intimidada. Sonrió con nerviosismo.

–Lo siento. Estoy ansiosa por llegar.

–Pareces tensa.

–Porque lo estoy –admitió Matilda. Descubrir que se trataba de un hombre casado le permitió bajar la guardia y decirse que la reacción que había tenido cuando le sujetó la muñeca había sido exclusivamente suya y no recíproca, e incluso quiso creer que se había debido más a los nervios por la inauguración que al desconocido. Amplió su comentario–: Odio este tipo de acontecimientos…

–Yo también –la interrumpió él–. Tengo un montó de cosas más urgentes que hacer que acudir a un jardín *stupido* en la azotea de un hospital y decirle a la gente que estoy encantado de haber venido…

–¿*Estúpido*? –Matilda entornó los ojos y sintió crecer la ira en su interior al pensar en las horas de trabajo que había dedicado al jardín que iban a inaugurar–. ¿Piensas que es una estupidez? –se giró hacia él, consciente de que no debía tener ni idea de que ella era la diseñadora pero furiosa porque fuera capaz de juzgar con tanta arrogancia algo que ni siquiera había visto sin importarle quién le escuchara.

Pero Dante se libró de un ácido comentario gracias a que las puertas del ascensor se abrieron en aquel mismo instante.

–Por lo menos espero que sea breve y podamos marcharnos pronto –dijo, esperando con toda seguridad que Matilda compartiera la misma opinión.

Ella lo siguió fuera del ascensor.

–¿Sabes la cantidad de trabajo que se ha invertido en este proyecto?

–No –respondió él bruscamente–, pero sí sé que ha costado un dinero que el hospital podía haber invertido de una manera mucho más eficiente.

Caminaban deprisa, y Matilda casi tenía que correr para mantener el paso.

—El jardín va a proporcionar placer a mucha gente enferma.

Él se limitó a encogerse de hombros.

—Puede ser —admitió—. Pero si yo estuviera enfermo, preferiría estar seguro de que cuento con los equipos más sofisticados del mercado que saber que hay un jardín al que, con suerte, puedo ir a pasearme.

—Creo que no llegas a entender...

—¿Hay algo que entender? —dijo él, frunciendo el ceño—. Me limito a dar mi opinión, y dado que he financiado este jardín «para la reflexión», creo que tengo derecho a darla.

—¿Lo has financiado tú?

—Mi compañía —asintió él, con lo que Matilda descartó que se tratara de un actor de cine—. Cuando me enteré de cuál iba a ser el destino de la donación, me opuse. Pero luego presentaron un presupuesto tan bajo que tuve que aceptarlo. El estudio de paisajismo que lo ha diseñado ha debido arruinarse. Eso sí, ahora el hospital cuenta con un jardín, y yo he quedado bien con todo el mundo —aquella parrafada fue enunciada con tal aire de superioridad que Matilda no daba crédito a sus oídos—. A pony regalado...

—A caballo —corrigió ella, siguiendo a aquel insufrible hombre por la rampa que había mandado construir sobre los tres escalones que daban acceso a la puerta de la azotea, que él sostuvo abierta para ella—. El dicho es: *A caballo regalado*...

No llegó a terminar. La rabia y la inquietud que había sentido toda la mañana se disiparon en cuanto puso un pie en el exterior.

Un exterior que ella, Matilda Hamilton, había creado.

La azotea del hospital había quedado libre el año anterior al construirse un edificio de urgencias y trasladar a él el helipuerto. El hospital había publicado un anuncio en el periódico, convocando un concurso para transformarlo en un lugar de descanso para los enfermos y el personal. Matilda se dedicaba al paisajismo y trabajaba para los clientes que le proporcionaba su prometido, Edward, un reputado agente inmobiliario. Sin embargo, desde que la relación empezó a deteriorarse, Matilda quiso establecerse por su cuenta y, a pesar del escepticismo de Edward, fundó una empresa y acudió al hospital para tomar medidas y presentar un proyecto.

En cuanto pisó la azotea la invadió una extraña alegría. Fue como si pudiera *ver* aquel lugar árido y frío transformarse en un maravilloso jardín con rincones protegidos del viento por altos setos, senderos de gravilla en los que los pacientes pudieran pasear y mesas con mosaicos de colores.

¡Y el sonido del agua!

Matilda había convertido el agua en la música del jardín. Su suave murmullo amortiguaba el ruido del tráfico y transmitía paz y sosiego. Hugh Keller le había oído hacer aquella detallada descripción, y había conseguido imaginar la fuente central de la que le hablaba y los surtidores situados estratégicamente para reflejar la luz y los colores del jardín. Y por fin aquella visión se había convertido en realidad. En unos minutos, cuando Hugh cortara la cinta, los surtidores se pondrían en funcionamiento y el jardín quedaría inaugurado para que todo el mundo pudiera disfrutar de él.

—Matilda —su nombre le llegó desde diversos rincones, y Matilda se alegró de que aquella súbita popularidad le facilitara alejarse del hombre con el que había llegado, aunque, pensó, él ni siquiera se daría cuenta de su desaparición. En medio de las felicitaciones y enhorabuenas, se enfadó consigo misma por darle tanta importancia a un breve encuentro con un hombre maleducado en lugar de disfrutar de uno de los días más importantes de su vida.

Hugh la saludó de lejos y se abrió paso hacia ella.

El desconocido era arrogante y grosero, se tuvo que recordar Matilda. Insuperablemente sexy, pero grosero, insistió, además de…

—Hola, Hugh —besó al anciano caballero y se obligó a concentrarse en el presente. Escuchó atentamente mientras Hugh le explicaba el orden en el que tendrían lugar los discursos, pero después de que le recordara que debía dar las gracias al alcalde y a los patrocinadores, Matilda miró a su alrededor distraídamente, y su mirada se topó con el mismo perfil que había logrado irritarla y seducirla por igual. El mismo hombre que parecía hablar con sus acompañantes como si estuviera en otro lugar, atento pero distante.

Quizá se sintió observado porque de pronto volvió la mirada hacia ella y la sostuvo fijamente, sin pestañear, mientras Matilda sentía que el mundo en torno a ella se paralizaba y las palabras de Hugh se confundían con el murmullo general. Y aunque su parte racional le exigía que rompiera el contacto visual, su cabeza parecía negarse a cumplir la orden.

—Espero que podamos comentarlo cuando las cosas se tranquilicen —Matilda notó un codazo y, sobresaltándose, tardó unos segundos en darse cuenta de que era Hugh, quien la miraba con cara de consternación—. ¿Estás bien?

—Lo siento —Matilda apartó la mirada del desconocido y la volvió a su interlocutor—. No he escuchado lo último que me has dicho. Estoy demasiado nerviosa con que todo salga bien.

—Y saldrá, Matilda. Es maravilloso —la tranquilizó Hugh—. Has hecho un trabajo magnífico. Lo que era una pista de aterrizaje se ha convertido en un oasis. Todo el mundo está entusiasmado. Y yo estoy encantado de que por fin puedan disfrutarlo aquellos para quienes lo hemos hecho: los pacientes y sus familiares.

—Yo también —sonrió Matilda—. ¿Qué era lo que querías comentarme?

—Se trata de un trabajo, aunque sé que estás muy ocupada.

—Gracias a ti —admitió Matilda—. ¿A qué trabajo te refieres?

En ese momento fue Hugh quien se distrajo al ver que se les acercaba el alcalde.

—Será mejor que hablemos después de los discursos, cuando estemos todos más relajados.

—Claro —dijo Matilda.

De hecho, estaba deseando que pasara el momento de dar su discurso. Aquella faceta de tener un negocio propio era lo que menos le gustaba. Pero había hecho un esfuerzo por disimularlo, y había ido a un salón de belleza para que la peinaran y la maquillaran en lugar de acudir con la cara lavada, tal y como acostumbraba. Además, había sustituido los pantalones, camiseta y botas camperas que solía vestir, por un elegante traje de chaqueta y unos odiosos zapatos de tacón.

Escuchó los discursos con el corazón cada vez más acelerado y una sonrisa congelada en los labios. Cuando llegó su turno, se colocó tras el micrófono y observó a su público. Sólo un hombre llamó su atención, y no pudo evitar preguntarse cómo reaccionaría al saber a quién había insultado. Pero él ni la miró porque estaba demasiado ocupado coqueteando con una joven morena.

Matilda apartó la mirada y repasó mentalmente los nombres que Hugh le había pedido que citara. Luego respiró hondo, y comenzó:

—Cuando conocí a Hugh, comprendí que quería que hubiera en el hospital un espacio en el que encontrar la paz, un lugar en el que se pudiera reflexionar o al menos respirar un aire que no oliera a hospital —los cabeceos de asentimiento de parte de su audiencia le indicaron que estaba en el buen camino—. Gracias a la ayuda de mucha, mucha gente, lo hemos conseguido. Los hospitales pueden causar mucha angustia, no ya solo a los pacientes y a sus familiares, sino también al personal que trabaja en ellos, y mi objetivo al hacer este proyecto ha sido crear un espacio en el que la gente pudiera olvidar por unos instantes todo lo que estaba sucediendo en las plantas de abajo. Espero haberlo conseguido.

Podía haber dicho muchas otras cosas. Seguro que olvidaba nombres de personas a las que debía dar las gracias. Pero al mirar hacia delante, decidió que había llegado el momento de que hablara la Madre Naturaleza y dejar que los invitados descubrieran por sí mismos lo que había hecho. Así que decidió concluir con una palabra que le salió del corazón:

—¡Disfrutad!

Cuando Hugh cortó la cinta y los surtidores se pusieron en marcha, Matilda se sintió colmada de orgullo al oír las exclamaciones de la gente y los gritos de entusiasmo de lo niños que hicieron exactamente lo que ella había imaginado: jugar con el agua y mojarse sin dejar de reír. Sólo una niñita se quedó apartada, mirando los chorros con expresión perpleja. Matilda la observó, y quiso que se uniera a los demás niños, que jugara y riera con ellos.

—¿Te parece bonito? —dijo, poniéndose de cuclillas a su lado y mojando sus dedos con uno de los chorros—. Puedes tocarla —y la niña, lentamente, movió su mano hacia la de ella al tiempo que esbozaba una sonrisa.

Matilda vio de soslayo a Hugh, aproximándose.

—Es mi nieta, Alex —dijo él, agachándose a su lado. Pero Alex ni se inmutó. Seguía mirando su mano en el agua—. Parece que le gustas.

—Es adorable —Matilda sonrió mientras observaba que la niña permanecía ausente, sumida en su propio mundo—. ¿Cuántos años tiene?

–Dos –respondió Hugh al tiempo que se incorporaba y se secaba la frente con un pañuelo.

–¿Te sientes bien? –preguntó Matilda, preocupada porque su rostro adquirió una tonalidad grisácea.

–Me pondré bien en seguida –replicó él. Y continuó hablando de Alex–. Tiene dos años. De hecho, era de ella de quien quería hablarte.

–Creía que se trataba de un trabajo –dijo Matilda, volviendo la mirada hacia la niña, que en aquel momento sonreía pero seguía inmóvil.

–Ha pasado una mala temporada –dijo Hugh con la voz teñida de emoción–. Sufrió un accidente de tráfico hace un año. Y aunque al principio pareció salir ilesa, ha ido sufriendo una regresión y aislándose más y más. Sufre unas rabietas impresionantes, seguidas de días de mutismo absoluto. Los médicos han dicho que podría tratarse de autismo. Mi mujer Katrina y yo estamos desesperados…

–Es lógico –Matilda le sonrió, comprensiva. Hugh era un hombre bueno y amable, y aunque habían hablado a menudo a lo largo de todos aquellos meses, nunca le había dicho que estuviera pasando un mal momento personal. Matilda suspiró. Tampoco ella le había dicho a él nada de sus problemas.

–Anoche le dije a mi yerno que mi mujer y yo queremos hacerle un regalo a Alex. Al fondo de su propiedad hay una zona cercada que sería perfecta para crear algo parecido a esto. Claro que no a tan gran escala. Un lugar sin rocas, ni…

–Un lugar seguro –le ayudó Matilda.

–Exactamente –Hugh suspiró, aliviado–. Un lugar en el que pueda correr y brincar sin peligro de hacerse daño y en el que contemplar cosas hermosas. Sé que estás terriblemente ocupada, pero si tuvieras alguna cancelación, te rogaría que te acordaras de mí. No quiero presionarte, pero ver la cara de alegría de esos niños hoy me ha reafirmado en que podríamos ayudar a Alex… –la emoción le impidió continuar, y Matilda supo que era sincero–. A mi yerno le parece una pérdida de tiempo, pero estoy seguro de poder convencerlo. Adora a Alex, y haría cualquier cosa por ella.

Matilda no supo qué decir. Tenía la agenda completa, pero ante sí estaba el hombre que le había dado su gran oportunidad. Y además estaba Alex… Matilda pudo ver cómo las vacaciones de dos semanas que tenía planeadas antes de sumergirse en su siguiente trabajo se evaporaban ante sus ojos. Sonrió.

–Hugh, tengo que ver el sitio antes de comprometerme, pero prometo dedicar las dos próximas semanas al jardín de Alex. ¿Dónde vive?

–Mount Eliza –Hugh vio que hacía una mueca. Mount Eliza era una lugar privilegiado con prodigiosas vistas a la bahía de Port Phillip, pero tan alejado de la ciudad, que Matilda perdería mucho tiempo en la carretera–. Era su casa de veraneo antes del accidente, pero desde entonces… ¿No te iría mejor vivir allí mientras trabajas? Hay espacio de sobra.

–Es la única solución posible –dijo Matilda–. Citaré a los trabajadores a primera hora, y tendré que estar presente para organizarlos.

–Eso no sería ningún problema.

Matilda reflexionó unos segundos, y finalmente sonrió.

–Lo haré encantada.

Hugh la miró con tal cara de agradecimiento, que Matilda supo que había tomado la decisión correcta.

–Siento mucho que no te tomes un descanso.

–Dicen que en eso consiste tener un negocio propio –Matilda se encogió de hombros–. Ya tendré tiempo de descansar, Hugh. Aun así, necesito saber más detalles sobre el terreno, y que consigas el permiso de tu yerno.

Un grupo se acercó a ellos, y la secretaria de Hugh reclamó la atención de éste.

–Lo siento –Hugh sonrió a Matilda–. Es imposible hablar ahora. Además, estoy privándote de tu momento de gloria. ¿Podrías cenar esta noche con nosotros? Supongo que mi yerno no tendrá inconveniente. En cuanto oiga el proyecto de tu boca, estará encantado. De hecho, ahí está. Voy a llamarle para comentarlo con él.

–Buena idea –dijo Matilda. Y se inclinó hacia Alex al tiempo que miraba hacia donde Hugh hacía señales con el brazo. La sonrisa se borró de sus labios al descubrir que trataba de llamar la atención del hombre que había ocupado sus pensamientos todo aquel rato. Y lo vio acercarse con el ceño fruncido mientras la observaba relacionarse con su hija.

–¡Dante! –ajeno a la tensión que se respiraba en el ambiente, Hugh lo llamó a su lado, pero Dante ignoró a los dos adultos y se arrodilló junto a Alex para hablarle con una ternura que emocionó a Matilda.

–Lo comentaré con él, y haré una cita para esta noche –dijo Hugh, tan satisfecho que no notó la cara de estupor de Matilda antes de alejarse.

Acababa de darse cuenta del gran error que había cometido al comprometerse a pasar tiempo con un hombre con el que apenas había resistido unos minutos en un ascensor.

Para tranquilizarse se recordó que estaba casado y que era padre, y trató de convencerse de que la corriente de atracción que había percibido que fluía entre ambos era producto de su imaginación.

Y aunque se equivocara y existiera una atracción entre ellos, se trataba de un hombre casado, y ella se encargaría de no olvidarlo ni por un segundo.

Capítulo 2

NO QUERÍA hacerlo.

Matilda iba camino del restaurante, pero lo que verdaderamente le apetecía era dar media vuelta y salir corriendo. Odiaba las formalidades que precedían al trabajo práctico: los planos, las cifras, el calendario… Y el hecho de que ni siquiera hubiera visto el terreno en el que iba a trabajar hacía que aquella reunión fuera una pérdida de tiempo. Por otro lado, Matilda sabía que aquél era el inconveniente de tener un negocio exitoso. En el pasado, le bastaba presentarse en las casas de sus clientes con sus vaqueros y sus botas camperas, hacer un esbozo del diseño y presentar un presupuesto con la esperanza de que fuera aceptado.

Desde hacía un tiempo, sin embargo, tenía citas previas en el despacho de sus clientes o en restaurantes. E incluso si la citaban en sus casas, Matilda sabía que esperaban de ella que tuviera un aspecto elegante y profesional.

Pero aquella reunión tenía un componente más desestabilizador de lo habitual porque se trataba de Dante.

Matilda se detuvo en un soportal próximo al restaurante y buscó en su bolso un espejo para retocarse el pintalabios y el cabello.

Sólo pensar en Dante se le formaba un nudo en el estómago. Tomó aire e intentó tranquilizarse, diciéndose que quizá una velada con un hombre tan arrogante le curaría de las inquietantes sensaciones que su breve encuentro le había causado. Además, no estarían a solas. Hugh los acompañaría.

Iba a salir de la penumbra del soportal hacia el restaurante cuando delante de éste se detuvo un impresionante coche plateado. El conductor bajó y abrió la puerta trasera. Dante se bajó con la elegancia que caracterizaba todos sus movimientos, y Matilda no pudo evitar suspirar con admiración. Era realmente guapo. Desde el momento en que pisó la acera, numerosas cabezas se volvieron a observarlo como si se tratara de una celebridad. Justo cuando el chofer iba a cerrar la puerta y el portero del restaurante salía a recibir a Dante, surgió un grito del interior del coche.

Incluso a aquella distancia, Matilda pudo ver la tensión reflejada en el rostro de Dante mientras volvía al coche, donde una mujer sujetaba a su hija Alex, quien pataleaba y movía los brazos con furia. Matilda observó cómo Dante ignoraba a la gente que se agolpaba a su alrededor, tomaba a la niña en brazos y la estrechaba contra sí mientras le sujetaba las manos para que no lo arañara y le susurraba cariñosas palabras al oído. Matilda nunca había visto tanta rabia acumulada, y menos aún en un cuerpo tan pequeño.

Oyó a una mujer decir que lo que aquella niña necesitaba era un buen azote, y tuvo que morderse la lengua para no insultarla. Estaba a punto de acercarse a ofrecer su ayuda cuando el ataque acabó, igual de súbitamente que había empezado. El cuerpecito de

Alex se quedó inerte, exhausto. A los gritos siguieron unos sollozos ahogados que encogieron el corazón de Matilda. Tras unos segundos, Dante hizo un gesto a la mujer y le devolvió a la niña. Luego, sin dignarse a mirar a los curiosos que lo rodeaban, entró en el restaurante con la cabeza bien alta.

Matilda abrió la puerta bajo el impacto de la escena que acababa de presenciar y sin librarse del deseo de salir corriendo. Cuando el encargado la condujo hacia la mesa, descubrió, horrorizada, que estaba lista para dos y que, puesto que Dante estaba allí, Hugh no acudiría.

—Matilda —Dante se puso en pie al verla llegar, y esperó a que se sentara y pidiera una copa antes de volver a tomar asiento.

Matilda se alegró de haber caminado al restaurante para poder beber una copa y confiar en que le devolviera un poco del valor que había perdido.

—Hugh me ha pedido que lo disculpara —dijo Dante. Matilda frunció el ceño. No era propio de Hugh no acudir a una cita, y menos tratándose de un favor personal—. Después de la inauguración, tenía dolor de cabeza, así que lo he acompañado a su oficina. Cuando he visto que no mejoraba, he decidido llevarlo al hospital.

Matilda abrió los ojos.

—¿Ha pasado algo?

—No, está bien. Pero lleva varios meses con la tensión muy alta. Parece ser que la última pastilla que le han dado se la ha bajado demasiado. Cuando hemos llegado al hospital, ha sufrido un desfallecimiento. Los médicos han dicho que no era nada.

—¿Tú no eres médico?

—No. ¿Qué te hace pensar que lo soy?

—Me ha parecido que conocías muy bien el hospital.

—He pasado muchas horas en él —dijo Dante. Puesto que no añadió ninguna otra explicación, Matilda dedujo que debía tratarse de Alex. Dante volvió a hablar de Hugh—. Ha ido a casa a descansar. Se sentía fatal por haberte fallado, y más cuando tú le has hecho un gran favor. He intentado llamarte, pero…

—Tengo el teléfono desconectado —dijo Matilda precipitadamente—. No se me ha ocurrido mirarlo.

Matilda se enfadó consigo misma. Era evidente que Dante debía haber intentado cancelar la cita pero que, al no poder contactarla, había tenido que acudir a pesar de que no tenía el menor interés en el jardín y hubiera preferido estar en su casa con su hija.

Miró la carta para disimular lo embarazosa que encontraba la situación.

—He accedido a que hagas un jardín —Dante rompió el incómodo silencio—. Hugh me ha dicho que debía verte para dar mi consentimiento. ¿Debo firmar algo?

Matilda alzó la mirada y, por primera vez desde su llegada, le miró a los ojos.

—No es necesario. Sólo quería estar segura de que no te oponías a que lo hiciera.

—Pues no me opongo —dijo Dante sin sonar demasiado entusiasmado—. Te he traído unos planos en los que he señalado el área del que te habló Hugh —Dante hizo una señal a un camarero que parecía indeciso.

—¿Quieren pedir ya, señor?

Dante se volvió a Matilda, y ésta sacudió la cabeza.

—Denos unos minutos —el camarero desapareció, y Dante decidió ayudar a Matilda con la carta—. Yo voy a tomar *gnocchi*, pero me han dicho que el salmón de Tasmania es magnífico y…

—Estoy segura —le cortó Matilda—, pero sé leer la carta yo sola. No creo que sea necesario que hagamos la farsa de cenar juntos…

—¿Por qué lo llamas «farsa»?

—Porque los dos sabemos que no quieres que haga el jardín y que sólo has accedido por la insistencia de Hugh —Dante fue a interrumpir, pero Matilda no le dejó—. Supongo que has querido dar conmigo para cancelar la cita. Siento no haber tenido el teléfono conectado. Así que, ¿por qué no nos ahorramos ambos una velada incómoda? Basta con que me lleve los planos y quedemos para que pueda ir a ver el terreno en persona.

Dante la miró en silencio.

—¿Quieres decir que preferirías no cenar? —preguntó finalmente.

—No quiero que pierdas el tiempo —aclaró Matilda. Luego, tragó saliva sin saber si debía o no sacar el tema en el que estaba pensando—. Te he visto llegar y… —bebió un trago, y esperó a que Dante reaccionara, pero éste se mantuvo impasible—. Alex parecía muy disgustada, y supongo que prefieres volver a su lado cuanto antes.

—Alex se disgusta muy a menudo —replicó Dante en un tono neutro que no contribuyó a tranquilizar a

Matilda–. Y dado que son más de las ocho y que no
he parado en todo el día, estoy deseando cenar
–chasqueó los dedos y alzó la voz para dirigirse al
camarero–. Lo de siempre, por favor.

–En seguida, señor. ¿Y la señora…?

Matilda vaciló, indecisa entre marcharse o quedarse, que era lo que verdaderamente quería hacer.

–¿Señora? –la animó Dante.

–Salmón, por favor –dijo ella al fin. A continuación, recordando que el motivo de aquella cita era
un contrato profesional, decidió que debía disculparse–. Siento haber sido descortés –dijo cuando se fue
el camarero–. Hugh me dio a entender que esta cita
no te iba bien.

–Tiene gracia –Dante dio un largo trago a su copa
antes de continuar–: A mí me ha dado a entender lo
mismo respecto a ti.

–¿Por qué?

Dante sonrió.

–Quizá porque insistió mucho en que no hiciera
nada que pudiera molestarte –su sonrisa contagió a
Matilda, que se descubrió sonriendo–. Me ha contado que estás muy ocupada y que has accedido a hacer el trabajo durante tus vacaciones.

–Sí, pero…

–También me ha dicho que, si has aceptado el proyecto, ha sido como agradecimiento hacia él; que
sentías la obligación…

–No todas las obligaciones son malas –interrumpió Matilda–. Es cierto que accedí a hacer el
trabajo porque estoy agradecida por la fe que Hugh
depositó en mí cuando me dio el proyecto del hos-

pital, pero te aseguro que lo he aceptado encantada.

—¿Encantada? —Dante la miró, desconcertado.

—Sí, encantada. Me gusta mucho mi trabajo, Dante. Sólo necesitaba asegurarme de que a ti no te molestaba que lo hiciera.

—Claro que no —dijo él secamente.

—¿Porque Hugh está enfermo y no quieres contrariarlo?

—¿Tiene eso alguna importancia?

Matilda reflexionó antes de responder.

—Para mí sí —dijo finalmente—. Puede que sea un caso de neurosis o de un ego desmedido, pero dado que pongo toda mi alma en mi trabajo, me gusta que se valore lo que hago. Si tú y tu mujer habéis aceptado el encargo para acallar a Hugh, os habéis equivocado. Para que las cosas salgan bien, voy a necesitar que me proporcionéis mucha información sobre Alex. El jardín será un reflejo de su personalidad, pero también ha de ser un espacio que toda la familia disfrute.

—De acuerdo —dijo Dante con un encogimiento de hombros—. Tengo que admitir que no confío en que un jardín pueda ayudar a Alex, pero estoy dispuesto a intentarlo. Después de todo, ya no sé qué más hacer.

—Le he explicado a Hugh que el jardín no puede curar a Alex, pero sí puede convertirse en un lugar en el que la niña encuentre paz y sosiego.

—Si fuera así... —empezó Dante. Y fue la primera vez que su voz se tiñó de dolor, y un escalofrío recorrió la espalda de Matilda—, habría valido la pena.

—Escucha —Matilda se suavizó—. ¿Qué te parece si

me llevo los planos y los estudio? Así el domingo podría ir a hablar con tu mujer sobre Alex...

–Mi mujer está muerta.

Dante no dijo más, pero la emoción que había dejado atisbar al hablar de su hija desapareció automáticamente, como si hubiera apretado un botón que le impidiera sentir y que cubriera su rostro con una máscara impenetrable.

–Lo siento –balbuceó Matilda–. No tenía ni idea.

Dante no sacudió la cabeza ni hizo un gesto con la mano, acompañando una frase que le hiciera sentir mejor y le ayudara a salir de su azoramiento. Se limitó a guardar silencio y a comer en cuanto llegaron los platos, hasta que Matilda, sintiéndose incapaz de aguantar la tensión, se disculpó y huyó al cuarto de baño.

Mirándose al espejo, se maldijo una y otra vez al tiempo que revivía cada palabra descortés que había dirigido a Dante. Al oír la cadena de uno de los retretes, buscó su lápiz de labios y fingió retocarse mientras intentaba que su corazón se desacelerara.

Decidió disculparse una vez más. Iría directamente a la mesa y le pediría perdón. O no. Dante tenía una hija y llevaba todavía la alianza de casado. No tenía por qué disculparse por haber asumido que tenía mujer. Pero si era así, ¿por qué había sentido la necesidad de huir y le costaba tanto volver?

–¿Estás bien? –preguntó Dante cuando se sentó frente a él.

–Perfectamente –Matilda suspiró, y adoptó una actitud de aparente relajo–. La verdad es que este tipo de cosas se me da fatal.

–¿Qué cosas?

–Las cenas de trabajo. Y eso que debería estar acostumbrada.

–Creía que acababas de montar tu negocio.

–Y así es. Pero mi ex prometido era agente inmobiliario y…

–Vaya –dijo Dante en un tono de desaprobación que hizo que Matilda sintiera que traicionaba a Edward.

–Era muy bueno –dijo, a la defensiva–. Tenía un ojo increíble para los detalles que revalorizaban las casas. Empecé a trabajar gracias a él. Pensaba que los jardines descuidados transmitían una mala imagen.

–Así que gracias a ti podía añadir unos cuantos ceros al valor de la casa –dijo Dante con un cinismo que apagó el forzado entusiasmo de Matilda.

–Puede que tengas razón –admitió–. Aunque al principio no fue así.

Dante sonrió.

–Nunca lo es.

–¿A qué te dedicas tú? –preguntó Matilda, que, como siempre que comía fuera, envidiaba la elección de su acompañante y comía de su plato con desgana.

–Soy abogado criminalista.

Matilda se quedó mirándolo con el tenedor en el aire.

–Por eso me sonaba tu nombre –dijo con una sonrisa tensa al tiempo que recordaba haber leído un artículo con las fotografías correspondientes hacía unos meses–. Dante Costello… Defendiste a aquel tipo que…

—Puede ser —Dante se encogió de hombros.

—Pero…

—Defiendo lo indefendible —Dante parecía indiferente a su obvia desaprobación—. Y suelo ganar.

—Y supongo que hiciste una donación al hospital para contrarrestar tu mala imagen pública.

—Puede ser. En ocasiones hago buenas acciones porque creo en ellas. Otras… —se encogió de hombros.

—¿Otras? —lo animó Matilda, que por primera vez agradecía su arrogante sinceridad.

—Por lo que has dicho tú, Matilda: para suavizar mi brutal imagen pública —concluyó él, riendo.

A ella le agradó cómo sonaba su nombre en sus labios. Hacía que resultara un nombre exótico. Y aún más le impresionó ver la transformación que sufría el rostro de Dante al reír.

A partir de ese momento los dos parecieron relajarse, y al cabo de un rato, Matilda decidió volver al tema que los había reunido.

—Me ayudaría que me hablaras de Alex.

—Le entusiasma el agua —dijo Dante sin vacilar—. También… —sacudió la cabeza—. No tiene nada que ver con un jardín.

—¿El qué?

—La harina —dijo Dante—. Le gusta jugar a hacer masas.

—Las texturas son tranquilizadoras —dijo Matilda, y vio que Dante pestañeaba, sorprendido—. Lo aprendí cuando estaba estudiando para el proyecto del hospital. Muchos niños autistas… —Matilda calló bruscamente. Su insensibilidad era imperdonable.

Hugh lo había mencionado como un diagnóstico posible, ni siquiera definitivo–. Lo…

–Por favor, no hace falta que te disculpes. En todo caso debería disculparme yo por haberte incomodado antes al decirte lo de mi esposa. Como has comprobado, se me da mal contarlo. Soy demasiado directo.

Matilda lo observó en silencio, preguntándose si le diría algo más. Le vio tragar y fruncir el ceño con la mirada fija en la mesa, y supo que estaba tomando la decisión de si continuar o no. Matilda apretó el cuchillo con fuerza, como si temiera disuadirlo si se movía un milímetro, y lo miró sin pestañear, expectante, hasta que Dante hizo un movimiento imperceptible con la cabeza y continuó:

–Hace quince meses mi hija era una niña normal. Estaba a punto de andar, sonreía, mandaba besos, comenzaba a hablar. Y de pronto sufrió un accidente de coche junto con mi esposa. Tardaron horas en sacarlas de entre los hierros –Matilda se estremeció, y comprendió el sufrimiento de aquel hombre y el que se ocultara tras una máscara. Hablaba tal y como debía hacerlo todo, como si estuviera anestesiado, y enumerara un listado de acontecimientos–. Jasmine murió al llegar al hospital –Dante bebió, y Matilda pensó en toda la fuerza de voluntad que debía haber puesto en seguir adelante–. Al principio Alex no pareció afectada. Permaneció en el hospital un par de días en observación como medida preventiva…

Dante frunció el ceño, y su mirada se veló. Miró a Matilda, pero ella supo que no la estaba viendo. Estaba sumido en el recuerdo de su dolor. Matilda esperó a que continuara.

–Puede que no le prestara suficiente atención –la voz de Dante volvió a adelgazarse, y en aquella ocasión Matilda sí quiso intervenir.

–Debías estar pasándolo muy mal –dijo con dulzura. Él asintió.

–A menudo me pregunto si podía haber estado más atento. Estaba tan contento de que Alex estuviera bien… Pero dos meses más tarde, el veintidós de septiembre, empezó a gritar –al ver que Matilda lo miraba con sorpresa, explicó–: Recuerdo la fecha porque era el cumpleaños de Jasmine. Aquel día fue especialmente difícil… Me estaba preparando para ir al cementerio y fue como si Alex lo adivinara. Cuando se puso a llorar, reconocí en seguida que no se trataba de una pataleta normal, sino de una histeria y una desesperación que no había oído antes. Tardamos horas en consolarla. Llamamos al médico, y dijo que se pasaría, pero yo sabía que no, que algo iba mal. Desgraciadamente, estuve en lo cierto.

–¿Los ataques continuaron?

Dante asintió.

–Cada vez más agudos. Pero peor que los estallidos de ira incontrolable son el distanciamiento y el silencio que los siguen. He hablado con numerosos médicos. Hugh está preocupado. Katrina prefiere ignorarlo.

–¿Ignorarlo?

–No quiere admitir que Alex está mal. A veces yo tampoco –Dante bebió antes de continuar–: Al cabo de unos meses, me la llevé a Italia, pensando que le sentaría bien cambiar de aires, y así fue –tras una breve pausa, añadió–: Pero para Hugh y Katrina fue espantoso. Acababan de perder a su hija, y les quité a su nieta. Alex pareció mejorar durante un tiempo, pero de pronto las crisis volvieron a empezar.

—Y por eso has vuelto.

—Por el momento, sí —Dante se encogió de hombros—. Tengo un juicio la semana que viene, pero no he aceptado ningún otro caso. Quiero poder tomar la mejor decisión para Alex. Por eso no estaba seguro de que valiera la pena hacer el jardín. Pero Hugh y Katrina confían en aumentar las probabilidades de que nos quedemos si la situación de la niña mejora.

—¿Y hay alguna posibilidad de que os quedéis? —preguntó Matilda, desconcertada por la expectación con la que esperó la respuesta.

—Tengo dos hermanos y tres hermanas en Italia —explicó Dante—. Alex estaría rodeada de tíos, abuelos y primos, y yo no tendría que depender de Hugh y Katrina para todo, pero… —Matilda hubiera querido preguntarle qué le hacía seguir en Australia, saber más del hombre que se ocultaba tras aquella barrera protectora, pero él dio la conversación por concluida—. Haré lo que sea mejor para Alex.

Matilda no pudo resistirse a averiguar más cosas de él.

—¿Y tu trabajo?

—Tengo la suerte de poder desarrollarlo tanto aquí como en Italia.

—¿No te molesta defender a los tipos que defiendes? —preguntó Matilda, aun sabiendo que estaba traspasando la línea de la cortesía.

—Yo creo que todo el mundo es inocente mientras no se demuestre lo contrario.

—Yo también —dijo Matilda. Y se quedó mirando

el rostro inescrutable de Dante mientras se preguntaba qué podría perturbarlo. Nunca había conocido a nadie tan seguro de sí mismo–. Pero no puedes decirme que el tipo que mató a…

–*Ese* tipo fue declarado inocente en el juicio.

–Lo sé –Matilda bajó la mirada. No hacía falta estar especialmente bien informado para conocer alguno de los casos de Dante Costello. Y era imposible creer que todos aquellos a los que había defendido fueran inocentes–. ¿Alguna vez te has arrepentido de ganar?

–No –Dante dijo con vehemencia.

–¿Nunca? –insistió Matilda. Y vio que Dante apretaba los labios levemente y su rostro se nublaba.

–Nunca –dijo él.

Matilda se estremeció. Podía imaginárselo con la toga y la peluca, imaginar aquel rostro perfectamente impasible, aquella boca sensual adoptando un gesto desdeñoso. Y cualquier otra persona habría dejado el tema. Pero ella clavó sus ojos verdes en los negros azabaches de Dante, y dijo:

–No te creo.

–Pues te equivocas.

–Puede que sí. Pero sigo sin creerte.

Una vez más, la conversación debía haber concluido ahí y podían haber charlado de asuntos intrascendentes. Pero entonces fue Dante quien presionó a Matilda.

–¿Tú estás orgullosa de todo lo que has hecho?

–No –admitió ella–, pero no me muevo en un mundo en el que eso tenga ninguna trascendencia. ¿Por qué?

—Porque todos tenemos algún rincón oscuro —explicó Dante— o hemos hecho cosas que, si nos dieran una segunda oportunidad, haríamos de otra manera. La diferencia entre una personal normal y mis clientes es que aquello que más repudian de su vida privada es aireado en público. Palabras que dijeron en un arrebato de ira son repetidas para que todo el mundo las oiga, un momento de ceguera un par de años atrás es recontado una y otra vez... Lo bastante como para poder influir en el jurado más objetivo.

—Pero si de verdad son inocentes —protestó Matilda—, no tendrían nada que temer.

—Así es. Al menos mientras yo haga bien mi trabajo. Pero no todo el mundo es tan bueno como yo —afirmó él. Y Matilda parpadeó ante su falta de modestia—. Eso sí, yo tengo que creer en su inocencia.

Matilda sabía que no debía seguir adelante, pero no le gustaba sentirse acorralada. Tomó aire y sonrió con frialdad.

—¿Aun cuando sean claramente culpables?

—¡Ay, Matilda! —Dante le devolvió una sonrisa igualmente gélida—. No deberías creer todo lo que lees en los periódicos.

—Y no lo creo —dijo ella, airada—. Pero cuando el río suena… —se dio cuenta de que era una argumentación débil, y trató de buscar una mejor, pero Dante se le adelantó.

—¿No hay episodios de tu vida que te espantaría ver juzgados?

—¡Por supuesto que no!

—¿Ninguno?

–Jamás he hecho nada ilegal. Bueno, nada verdaderamente ilegal.

–¿Nada *verdaderamente* ilegal? –Dante arqueó una ceja

–Creía que estábamos aquí para hablar de tu jardín –dijo Matilda, acalorada.

–Has sido tu quien ha cuestionado mi trabajo –señaló él, sonriente–. Siento que no te gusten mis respuestas. Dime, ¿qué hiciste?

–Ya te he dicho que no he hecho nada malo. Lo encontrarías aburrido.

–Yo nunca me aburro –Dante clavó su mirada en Matilda con tal intensidad, que la hizo estremecer–. Y estoy convencido que, como todo el mundo, guardas algún secreto del que te avergüenzas.

–De acuerdo –Matilda suspiró con resignación–, pero te va a desilusionar. No es más que una chiquillada.

–Si aún te hace ruborizar, debe ser algo más que una chiquillada.

–No me he ruborizado –protestó Matilda, aunque sentía que le ardían las mejillas.

–Cuéntamelo –dijo Dante, retador.

–Robé una chocolatina cuando estaba en un campamento –dijo Matilda. Y añadió precipitadamente–: Todo el mundo lo hacía.

–¿Y tú no querías ser distinta a los demás?

–Algo por el estilo –Matilda recordó con nitidez la presión a la que se sintió sometida, y revivió la angustia que había experimentado.

–Así que, en lugar de mantenerte firme, actuaste como los demás aun sabiendo que hacías mal.

—Supongo que sí.

—¿Y eso es lo peor que has hecho en tu vida?

—Sí. Siento haberte desilusionado.

—No me has desilusionado —Dante sacudió la cabeza—. Se pueden deducir muchas cosas de los recuerdos de infancia de una persona. Luego no cambiamos tanto...

—¡Qué tontería! —exclamó Matilda—. Sólo tenía diez años. Si pasara ahora...

—Actuarías de la misma manera —interrumpió Dante—. No digo que robarías una chocolatina con tal de no llamar la atención, pero sí afirmaría que te horroriza tener que enfrentarte a la gente. ¿O no?

Matilda se quedó paralizada ante la certera intuición de Dante. Él continuó:

—De hecho, harías cualquier cosa para evitarlo: robar una chocolatina, prolongar una mala relación para evitar pelearte... —al ver que Matilda abría la boca para protestar, alzó la voz para acallarla—. O, por poner un ejemplo de esta misma noche, fíjate cómo has huido al cuarto de baño en cuanto has temido haberme disgustado.

Aceptando la derrota, Matilda bromeó:

—No creas, he tardado unos minutos en decidirme. Pero ¿hay alguien a quien le gusten los enfrentamientos?

—A mí. Es lo mejor de mi trabajo: obligar a que la gente confronte sus verdades ocultas —Dante sonrió con una cordialidad que dejó a Matilda sin aliento—. Claro que si lo de la chocolatina es lo peor que has hecho, podrías someterte a un tercer grado sin temor.

—Desde luego que sí.

–Pareces muy segura.

–Lo estoy.

–Si es así, ¿permitirías que te hiciera algunas preguntas? –al ver que Matilda vacilaba, Dante se apresuró a añadir–: Sólo por curiosidad.

–¿No teníamos que hablar del jardín? –dijo ella.

Dante le dio un papel enrollado.

–Aquí tienes los planos. Haz lo que quieras.

–Pero ¿por qué quieres interrogarme?

–Me gusta convencer a la gente, y tengo la impresión de que tú no llegas a creerme. Sólo quiero que contestes con total sinceridad.

Un camarero les ofreció la carta de postres, y Matilda se dio cuenta de que, puesto que no iban a discutir el jardín, no había ninguna razón para prolongar la velada. Excepto el hecho de que quería quedarse.

Se estremeció al admitir la verdad. Quería jugar el peligroso juego de Dante.

–Hacen un mouse de chocolate y macadamia con sirope de frambuesa fantástico –aconsejó Dante.

–Suena delicioso –dijo ella.

Cuando el camarero se fue, miró con ojos brillantes a Dante y, tal y como le había pasado en otras ocasiones a lo largo del día, se preguntó por qué despertaba en ella emociones tan intensas.

Capítulo 3

VAS a contestarme con toda sinceridad?
Dante se había puesto serio, y su voz sonó
grave y profunda. Aunque el restaurante estaba lleno, parecían estar solos. Sus ojos negros capturaron la mirada de Matilda, y ésta lo imaginó cruzando la sala del juzgado y aproximándose lentamente mientras avaluaba la mejor estrategia a seguir en el interrogatorio.

—¿Juras contestar la verdad?

—No estoy siendo juzgada —Matilda soltó una risita, pero él la miró, impasible.

—Si jugamos, jugamos de acuerdo a las reglas.

—De acuerdo —asintió Matilda. Pero me parece que…

—Todos tenemos secretos —dijo Dante con dulzura—. Todos tenemos un lado oscuro. Si lo conviertes en titular de periódico y lo salpicas con unas cuantas insinuaciones, tienes un culpable. Piensa en tu ex…

—Edward no tiene nada que ver con esto.

Dante le dedicó una sonrisa maliciosa, y dijo:

—Sólo una cena de negocios más, un cliente más al que impresionar. Otro jardín y puede que consiga que me haga más caso. Puede que un día…

—¡No tengo por qué aguantar esto! —dijo Matilda,

apretando los dientes–. No sé qué quieres insinuar, pero preferiría que no metieras a Edward en la conversación.

–¿Todavía no lo has superado? –Dante se apoyó en el respaldo sin apartar de ella su cínica mirada.

–Claro que sí –replicó ella, airada, obligándose a aparentar una calma que estaba lejos de sentir–. Rompimos hace unos meses.

–¿Quién rompió?

–Yo –dijo ella con vehemencia. Acababa de refutar la teoría de Dante. Ya no era la jovencita capaz de cualquier cosa con tal de evitar un enfrentamiento.

–¿Por qué rompiste?

Matilda sacudió la cabeza.

–No pienso contestar –dijo fríamente–. Pero por si te lo estás preguntando, no había una tercera persona –concluyó con firmeza, convencida de que había dado en la línea de flotación de la estrategia de Dante.

–¿Alguna vez deseaste que se muriera?

–¿Cómo? –Matilda abrió los ojos desmesuradamente–. Por supuesto que no.

–¿Puedes afirmar con toda honestidad que nunca dijiste que te gustaría verlo muerto?

–O estás loco… –Matilda dejó escapar una carcajada de incredulidad–, o tratas con demasiados locos. ¡Por supuesto que jamás le dije que…! –su voz se hizo inaudible a medida que fragmentos de cierta conversación afloraban a la superficie. Y Dante le lanzó un dardo.

–Mi próximo testigo es tu amiga, y estoy convencido de que su versión sobre esa noche difiere mucho de la tuya...

–¿Qué noche? –preguntó Matilda con sorna.

–*Aquella* noche –dijo Dante, con una convicción que hizo que Matilda sintiera una opresión en el pecho–. De hecho, tu amiga recuerda que durante la conversación le dijiste que desearías que Edward estuviera muerto.

Dante habló con tal contención y aplomo, que por una fracción de segundo Matilda estuvo a punto de creerle y de imaginar que, si volvía la cabeza, vería a Judy a su lado.

Tuvo que respirar hondo para recobrar el dominio de sí misma. Se dijo que Dante no sabía nada de ella, que sólo era un interrogador astuto, capaz de descubrir el talón de Aquiles de cualquiera. Pero ella no pensaba darle la satisfacción de encontrar el suyo.

–Sigo sin saber a qué noche te refieres.

–Deja que te refresque la memoria. Se trata de la noche en que dijiste que desearías que Edward se muriera –Dante hizo aquella afirmación como si hubiera estado con ellos en la habitación, como si hubiera sido testigo de sus lágrimas y hubiera escuchado cada una de sus palabras entre sollozos, como si pudiera leerle el alma–. Y lo dijiste, ¿verdad que sí, Matilda?

Si lo negaba, estaría mintiendo. De pronto Matilda revivió la escena que había tenido lugar dos meses antes, y pudo escuchar las duras palabras de Edward como si las oyera por primera vez:

Quizá, si no fueras tan frígida, no habría tenido

que buscar en otras mujeres lo que tú no me has dado.

Se burló de ella, la humilló por su tibia sexualidad, la despreció con palabras tan dolorosas que, para cuando Matilda llegó a casa de su amiga Judy, había llegado a creerlas. Había llegado a creer que la relación había fallado por su culpa, que si hubiera sido más sexy y divertida, más guapa, Edward no habría tenido que coquetear con otras mujeres.

Y Dante lo sabía todo.

—Lo dijiste, ¿verdad? —la voz de Dante la devolvió al presente.

—Sólo lo dije —dijo ella con vehemencia—. Fue una de esas cosas que uno dice cuando está furioso.

—¿Y estabas muy furiosa?

—No —negó Matilda—. Estaba disgustada y dolida, pero decir que estaba «furiosa» sería exagerado.

Dante hizo girar el vino en su copa.

—Así que sólo estabas disgustada y dolida, y aun así admites que deseaste que se muriera.

—Está bien —replicó Matilda, airada—. Estaba enfadada y furiosa, como lo estaría cualquiera a quien acabaran de decir… —calló bruscamente. No estaba dispuesta a compartir su humillación con Dante. Tenía que esforzarse por retomar el control sobre sí misma—. Sí, dije que desearía que se muriera, pero hay una gran diferencia entre decir algo y llevarlo a cabo —Matilda sintió náuseas ante las emociones que Dante acababa de conjurar como un mago capaz de sacar de su chistera los más oscuros secretos de sus interlocutores.

Y ella no quería formar parte ni un minuto más de aquel espectáculo.

–¿Te importa dejarlo ya? –preguntó con voz aguda, casi histérica, al tiempo que se preguntaba cómo habría descubierto Dante tan pronto qué botones pulsar para provocarla.

–Claro, no es más que un juego –dijo él con una dulzura que no logró calmar a Matilda.

El postre estaba maravilloso, pero Matilda estaba demasiado tensa como para disfrutarlo.

–¿No está bueno?

–Delicioso –Matilda–, pero la verdad es que estoy llena –dejó la cucharilla en el plato–. Será mejor que me vaya.

–Siento haberte quitado el apetito.

–No mientas, Dante –Matilda lo miró fijamente–. Estoy convencida de que lo has hecho a propósito –tomó los planos y el bolso y se puso en pie–. Iré a tu casa el domingo por la mañana. Necesito ver el terreno antes de empezar a diseñar el jardín.

–Todos lo hemos dicho alguna vez –la sonrisa de Dante rozó el paternalismo. No necesitó decir a qué se refería. Los dos lo sabían perfectamente–. Pero como tú misma has dicho, hay una gran diferencia entre decirlo y hacerlo. Sólo pretendía que llegaras a esa conclusión.

–Pues lo has conseguido –Matilda le dedicó una sonrisa tensa–. Buenas noches, Dante.

El camarero tardó lo bastante en llevarle la chaqueta como para que Dante se uniera a ella en el vestíbulo. Matilda lo ignoró mientras tomaba un bombón de menta y chocolate de un cuenco del mostrador de recepción. Empezaba a dudar que Dante fuera humano o, al menos, que tuviera sentimientos. Lo imaginó quitándose las pilas del pecho al llegar la noche y poniéndolas a cargar para poder atacar a su víctima al día siguiente con fuerzas renovadas.

Cuando por fin llegaron con su chaqueta, Matilda respiró aliviada. Le daría tiempo a marcharse mientras Dante pagaba la cuenta. Salió y respiró una gran bocanada de aire.

–¿Adónde vas?

La inconfundible voz de Dante detrás de ella sólo confirmó una presencia que ya había intuido.

–¿Cómo has podido…? –en lugar de concluir la pregunta, echó a andar con un suave repiqueteo de sus tacones sobre el pavimento.

–Almuerzo aquí regularmente. Me mandan una factura mensual –Matilda aceleró el paso, y Dante añadió–: ¿Quieres que te lleve a casa?

–Mi apartamento está al otro lado de río –dijo ella, señalando un edificio al final del puente–. No tardaré ni cinco minutos.

–Te acompañaré. No estaría bien que te dejara ir sola de noche.

Matilda pensó que prefería correr ese riesgo a ser acompañada por el propio diablo.

–Yo también tengo un apartamento cerca –dijo él. A Matilda le costó imaginar que uno y otro pudieran compararse–. No imaginaba que vivieras en un apartamento –Matilda se sorprendió de que Dante hubiera hecho el esfuerzo de imaginar cómo vivía–. Pensaba que tendrías una casa con jardín.

–A eso aspiro –habló finalmente–. Acabo de poner el apartamento en venta. Nunca me ha gustado.

–¿Y por qué lo compraste?

–Fue una gran oportunidad, y está muy bien situado… –Matilda exhaló un suspiro de irritación, y al mirar a Dante de soslayo, le sorprendió ver que sonreía–. ¿Se nota que he salido con un agente inmobiliario?

–Al menos no has mencionado las «espectaculares vistas» y la «luz natural».

–Porque está en el segundo piso –bromeó Matilda, desconcertada del cambio de humor que se había producido en ella de un minuto al siguiente–. Supongo que venir cada día desde Mount Eliza es agotador.

–Suelo hacer el viaje en helicóptero.

–¡Debía haberlo imaginado! –dijo Matilda con sorna.

–No es mío –explicó Dante–. Funciona como un servicio de taxi. Me permite pasar más tiempo en casa. Originalmente era sólo casa de veraneo, pero desde el accidente prefiero mover a Alex lo menos posible, y considero que un lugar amplio cerca del mar es más conveniente para ella que un apartamento de lujo en medio de la ciudad.

Matilda se preguntó por qué Dante conseguía hacerle sentir como una niña.

–Pero uso bastante el apartamento –continuó él–. Aunque, si estoy trabajando en un caso difícil, prefiero Mount Eliza.

–Imagino que es un lugar muy tranquilo.

–Así es –admitió Dante–. Cuando estoy trabajando, necesito mucha concentración. Pero sobre todo me permite evitar a la prensa y mantenerla alejada de mi familia. En ocasiones pueden ser muy crueles.

Llegaron al otro lado del río.

—Es aquí –dijo Matilda, deteniéndose delante de un alto edificio mientras buscaba la llave en el bolso–. No hace falta que subas.

—Puede que no, pero eres mi invitada, y pienso asegurarme de que llegas sana y salva a tu hogar.

Matilda no comprendía por qué Dante actuaba súbitamente con tanta cortesía, pero como estaba demasiado cansada para discutir, se encogió de hombros y, entrando en el vestíbulo, se encaminó hacia las escaleras. Afortunadamente, vivía en un segundo piso y no tendría que volver a encerrarse en un ascensor con Dante.

—¿Siempre subes andando? –preguntó él.

—Sí –mintió ella–. Es un buen ejercicio –llegaron delante de la puerta de su apartamento–. Gracias por la velada. Ha sido muy… agradable.

—¿De verdad? –preguntó Dante con sorna–. No sé si creerte.

—Sólo pretendía ser tan amable como lo has sido tú al acompañarme hasta la puerta de casa –se quedó mirándolo sin saber qué hacer, alerta, en tensión. No le cabía en la cabeza que Dante esperara que fuera a invitarlo a entrar.

¿Cómo iba a pasar un par de semanas en su casa si una sola velada la dejaba exhausta? No podía permitir que la turbara de aquella manera. Debía recobrar su aplomo y dejar claro que aquélla era una relación puramente profesional.

—Gracias por traerme los planos, Dante. Estoy deseando ponerme a trabajar —le tendió la mano, convencida de que era un gesto seguro, pero en cuanto él se la tomó, se dio cuenta de que se había equivocado.

Sólo era la segunda vez que se tocaban, pero la reacción fue tan explosiva como la primera. Podía sentir el calor de la piel de Dante recorrerla por dentro y su pulso acelerarse en la muñeca, donde él le presionó con el pulgar. Pero, al contrario que en la otra ocasión, la alianza de su anular, en lugar de contribuir a tranquilizarla, le hizo pensar en su compleja personalidad y en el profundo dolor que se agazapaba tras aquella mirada impenetrable. Matilda nunca había conocido a alguien tan esquivo, jamás alguien había averiguado tanto de ella en tan poco tiempo sin revelar nada a cambio.

Y por eso Dante despertaba en ella tanta curiosidad.

—Me interesas, Matilda —fue un comentario tan peculiar, tan ambiguo, que lo miró perpleja, y algo de lo que vio en sus ojos le hizo sentir que el aire se llenaba de electricidad.

—Pensaba que te había aburrido.

—¿Por qué? —preguntó él con genuina sorpresa.

—Porque… —Matilda no supo qué decir porque no lo sabía. No tenía claro si su inseguridad se debía a la crisis de autoestima que padecía o al hombre que tenía delante y que la clavaba a la pared con la mirada.

—Ese hombre te ha hecho mucho daño, ¿no es cierto? —dijo Dante, como si pudiera leer en su interior—. Te machacó hasta conseguir que no creyeras en ti misma ni supieras lo que querías.

¿Cómo lo sabía? ¿Sería su dolor tan obvio? Matilda esperó a que continuara su análisis. Intuía que todavía quería levantar más capas de su intimidad y exponer su dolorido corazón. Por eso ella quería que callara, que sus labios se cerraran… Que la besase.

—Y cuando te hizo añicos, te dejó.

Matilda sacudió la cabeza con vehemencia.

—Le dejé yo a él.

Dante no se inmutó.

—Te limitaste a decir lo que era verdad mucho tiempo atrás: que la relación se había terminado.

Era verdad. La relación estaba muerta. Matilda recordaba perfectamente las noches de soledad que precedieron a la última. La indiferencia, mucho más dolorosa que las peleas previas. El intenso dolor que le causaron las últimas palabras de Edward.

—Vivo mejor sin él.

—Mucho mejor —dijo Dante con dulzura. Y su boca sensual y cruel se acercó a la de ella sin que Matilda pudiera adivinar qué estaba pensando. El nerviosismo que la había dominado toda la velada se cargó de connotaciones sexuales ante la certeza de que estaban a punto de besarse. En ese momento tuvo que admitir que las horas anteriores habían servido de preludio a aquel instante.

Dante le dio tiempo de sobra para reaccionar, pero no lo aprovechó. En cambio, recordó sus últimas citas, y cuánto había temido que llegara el momento de la despedida, aunque lo necesitara para probarse a sí misma que seguía siendo atractiva.

Pero un beso de Dante no cumpliría esa función. Su mente le advirtió que besarle podía ser peligroso y que debía detenerlo. Pero su cuerpo le llevó la contraria, cada poro de su piel se sentía atraído hacia él como por un imán. Ansiaba descubrir a qué sabía su boca, explorar el deseo que la abrasaba.

Los labios de Dante le rozaron la mejilla hacia el lóbulo de la oreja y luego retrocedieron hacia sus anhelantes labios sin llegar a tocarlos, manteniéndose a la distancia de un suspiro y haciéndola enloquecer de deseo. Matilda sintió que se le entrecortaba la respiración. Dante estaba tan cerca que, si tomaba aire, sus cuerpos se tocarían. Y eso era lo que ansiaba ella: arquearse hacia él, sentir sus endurecidos pezones contra el pecho de Dante, que él la atrapara contra la pared.

Como si respondiera a su ruego, Dante por fin la besó y apoyó su cuerpo en ella. Su lengua jugueteó sensualmente con la de ella, exploró su boca hasta borrar de Matilda todo pensamiento racional y conseguir que se dejara arrastrar por las sensaciones, despertándola de la prolongada hibernación en la que había permanecido tanto tiempo.

Los fuertes brazos de Dante rodearon su cintura y sus muslos la atraparon. Con una mano le recorrió la espalda y luego la llevó hacia delante, hasta abarcar uno de sus senos con ella. Matilda sintió que se quemaba, estaba ansiosa, anhelante, sus pezones se endurecieron aún más bajo el tacto de su mano. Ella hundió los dedos en su cabello, se apretó contra él, sedienta, con un deseo tan ardiente, que no dejaba cabida a la razón. Sólo a la certeza de que todo lo que necesitaba estaba en aquel beso. Todo lo que llevaba tanto tiempo buscando…

Y acababa de encontrarlo.

Y justo cuando cortaba todas las amarras, cuando hubiera dado lo que fuera porque aquel instante durara para siempre, porque Dante hiciera con ella lo que quisiera, él alzó la cabeza y la miró con una expresión que Matilda no supo interpretar.

—Debo marcharme.

Matilda lo miró con ojos desorbitados, avergonzada, sin saber qué decir. Dante podría haberla hecho suya en aquel momento. Lo hubiera invitado a entrar, le habría hecho el amor, le habría rogado que le hiciera el amor. ¿Qué tenía aquel hombre?

Emocionalmente la turbaba, incluso la aterrorizaba. Pero al mismo tiempo la atraía y, físicamente, le resultaba irresistible. Jamás había experimentado algo así, pero estaba segura de que debía parecerse a la relación de un adicto con su droga. Y no hacía ni veinticuatro horas que lo conocía.

—Nos veremos el domingo —dijo él en un tono neutro, mientras mantenía las manos inmóviles sobre el cuerpo de Matilda.

Ella lo miró sin llegar a creerse que pudiera parecer tan indiferente, tan tranquilo, después de lo que acababa de suceder. Asintió en silencio y se retiró el cabello del rostro. Él metió la mano en el bolsillo y sacó un puñado de bombones como el que Matilda había comido al salir del restaurante.

—Los he tomado para ti —Dante le tomó la mano y se los dio. Matilda pudo sentir que se ablandaban bajo el calor de su palma—. Sabía que estabas deseando hacerlo.

Matilda consiguió sonreír, y de pronto pensó que

todo saldría bien, que sentían una atracción mutua, que Dante no la despreciaba por lo que acababa de suceder.

—¿Los has robado? —preguntó, riendo.

—¡Qué va! —Dante sacudió la cabeza y le hizo ver lo equivocada que estaba al dedicarle una humillante frase cargada de doble sentido —. ¿Para que iba a robarlos si estaban pidiendo a gritos que me los llevara?

Capítulo 4

MATILDA se quedó boquiabierta al tomar la calle en la que estaba la casa de Dante y contemplar la espectacular vista de Port Phillip que se divisaba en el horizonte. Condujo por la calle lentamente, admirando las lujosas casas de magnífica arquitectura y espléndidos jardines, y tuvo la tentación de detenerse y hacer algunos bocetos. De pronto, la ansiedad que había estado experimentando al pensar que tendría que pasar varios días en compañía de Dante disminuyó. Podría pasear por la playa o ir a uno de los encantadores cafés que había visto en el pueblo. No tenía porqué estar a solas con él. Al menos que quisiera.

Estaba intranquila desde el sábado por la mañana. Había pasado la noche en vela. Al levantarse y abrir el periódico lo primero que leyó fue un artículo salpicado de anécdotas escabrosas sobre un importante juicio que se celebraría pronto en Melbourne. Otro artículo describía en detalle la figura del abogado, Dante Costello, tanto en su faceta profesional, brillante y plagada de éxitos, como en la personal, en la que se hacía referencia a su vida en reclusión desde la muerte de su esposa, interrumpida sólo ocasionalmente por la presencia de alguna mujer de excepcional belleza.

Matilda había devorado los artículos y observado la fotografía de un Dante que le devolvía la mirada, en la que reconoció al hombre frío y distante de su primer encuentro, pero no al que la había tomado en brazos y la había despertado de su letargo con un apasionado beso.

Sabía que lo sensato hubiera sido llamar a Hugh y excusarse, decir que había olvidado un compromiso previo. De hecho, incluso había llegado a marcar su número de teléfono. Pero en el último momento había colgado. Y aunque inicialmente había querido creer que lo hacía como un favor a Hugh, sabía que no podía engañarse: era Dante quien la había cautivado y quien ocupaba su mente desde el mismo día que lo conoció.

Había repasado cada una de sus frases palabra por palabra, desde las más arrogantes y provocadoras a las más dulces. Y eran éstas últimas las que la intrigaban. Su agudo sentido del humor, la sonrisa que ocasionalmente iluminaba su rostro, la ternura que reservaba para su hija, eran como flores exóticas en medio de un desierto. Y Matilda no podía negar que su beso la había dejado anhelante y hambrienta.

–Ten cuidado –masculló, mientras conducía lentamente hasta llegar a la verja de la casa de Dante y, con manos temblorosas, apretaba el botón del portero automático.

Las puertas se abrieron lentamente y, por primera vez, vio la casa. El camino de acceso era una línea recta bordeada de cipreses. El edificio, de aspecto mediterráneo, era de un blanco deslumbrante y tenía grandes ventanales que, con toda seguridad, inundarían la casa de luz y permitirían disfrutar de las vistas desde el interior. Las líneas sobrias del exterior se suavizaban con plantas trepadoras. Glicinias, lilas y jazmines se entrecruzaban a lo largo de la fachada creando una maravillosa decoración natural.

–¡Bienvenida! –Hugh abrió la puerta de su coche, y Matilda bajó, aliviada de saberse en compañía–. Ésta es mi mujer Katrina –añadió, presentándole a una mujer alta y elegante que miró el vestido de algodón de Matilda y sus sandalias planas con suspicacia.

–No eres como te había imaginado –dijo con una risita–. ¡No pareces una jardinera!

–Es diseñadora de jardines, Katrina –dijo Hugh.

–Pero me gusta participar en el desarrollo del trabajo de principio a fin –dijo Matilda.

–¡Fantástico! –dijo Katrina con una sonrisa que no logró dulcificar su rostro–. Permite que te presente a Dante.

Matilda fue a decir que ya lo conocía, pero al darse cuenta de que ni Hugh ni Dante debían de haber mencionado la cena, decidió callarse. No estaba segura de qué pensar de Katrina. Era una mujer hermosa y sofisticada, de una frialdad que le resultaba inquietante.

El interior de la casa era tan espectacular como el exterior. Mientras Hugh sacaba las maletas de Matilda del coche, las dos mujeres entraron en la casa. Matilda observó los grandes sofás blancos que contrastaban con los muebles oscuros, y los gigantescos espejos que daban aún mayor amplitud al etéreo espacio interior y reflejaban el océano allá donde se mirara. A no ser que uno se encontrara con algunos de los numerosos retratos de Jasmine, la difunta mujer de Dante, que salpicaban las paredes del salón.

–Mi hija –explicó Katrina, siguiendo la mirada de Matilda. Y tras una pausa para admirar la trágica belleza de su hija, añadió–: Ésta de tamaño natural la mandé ampliar la semana pasada. Es bueno para Alex poder verla. Y un consuelo para Dante.

–Debe resultar… –balbuceó Matilda antes de corregirse–. Era una mujer muy hermosa.

–Y muy inteligente –señaló Katrina–. Era perfecta. Una madre y una esposa extraordinaria. Nunca nos recuperaremos de su pérdida.

A pesar del aire acondicionado y de la amplitud del espacio en el que se encontraban, Matilda sintió claustrofobia. Prefería encontrarse cara a cara con Dante que continuar en la presencia de aquella inquietante mujer.

–Dante especialmente –continuó Katrina con una sonrisa pensativa que Matilda tomó como una advertencia–. Nunca he visto a un hombre tan desolado. La adoraba. El día de su muerte, Dante removió cielo y tierra para conseguir mandarle flores a la oficina. De allí volvían ella y Alex cuando sufrió el accidente.

Matilda se sintió aliviada al entrar en la cocina, pero al mismo tiempo le desconcertó ver a un Dante que le resultó muy distinto en actitud y apariencia al que había visto con anterioridad. Aunque era lógico que no llevara traje, fue sorprendente verlo con unos pantalones vaqueros gastados y una camiseta floja y arrugada de algodón. Y jamás lo hubiera imaginado ayudando a su hija Alex a amasar pan sobre una gran mesa.

—Dante, Alexandra —los llamó Katrina—. Ha llegado Matilda.

Alex continuó trabajando el pan mientras Dante se limitaba a alzar la vista unos segundos.

—Buenas tardes —saludó. Y espolvoreó la masa con un poco más de harina.

—Buenas tardes —Matilda forzó una sonrisa, y dijo, sin dirigirse a nadie en particular—: ¿Estáis haciendo pan?

—No —Dante se sacudió las manos en el pantalón—. Estamos jugando con masa de harina.

—¡Ah! —exclamó Matilda.

—Es uno de los pasatiempos favoritos de Alex —explicó Katrina. Hugh entró en la cocina en ese momento—. Estaba enfadada después de comer. Ya sabes cómo son los niños —la mueca que hizo Dante dio a entender a Matilda que se había tratado de algo más que un mero enfado—. Hugh, ¿por qué no llevas a Matilda al jardín?

—Hugh debe descansar —intervino Dante—. Yo iré con Matilda.

—Muy bien —dijo Katrina sin poder disimular su contrariedad—. Mientras, me aseguraré que el cenador esté listo para Matilda.

—¿El cenador? —Dante frunció el ceño—. Le he dicho a Janet que prepare la habitación de invitados.

—No creo que le importe preparar el cenador —insistió Katrina—. Yo misma le ayudaré. Matilda estará allí mucho más cómoda. Y temo que la presencia de un extraño perturbe a Alex —se volvió hacia Matilda—. Espero no haberte ofendido, pero es que la niña está un poco alterada.

—No pasa nada —Matilda pensó que la cara se le iba a rasgar por la tensión con la que sonreía—. Sinceramente, no me importa dónde vaya a dormir. Voy a trabajar muchas horas. Sólo necesito cama y comida...

—En el cenador hay una encantadora cocinita. Me aseguraré de que la nevera esté abastecida. Vas a estar muy cómoda.

Dante y Matilda salieron en un incómodo silencio.

—La culpa es tuya —dijo él, en cuanto pisaron el jardín.

—¿De qué? —Matilda lo miró perpleja.

—De haber sido confinada al cenador —Dante sonrió con amargura—. Katrina te ha encontrado demasiado guapa.

Matilda dejó escapar una risita nerviosa.

—Tengo la impresión de que no le he gustado.

—Confiaba en que fueras una jardinera ruda y masculina. Todo mi personal es espantoso gracias a que ella misma lo ha seleccionado.

Matilda no pudo evitar reír, y le alegró descubrir que podía relajarse en su presencia.

—Supongo que el artículo de ayer no le habrá sentado bien —se atrevió a decir en referencia las mujeres que se mencionaban.

—A Katrina no le preocupan las flores de un día.

La severidad con la que habló hizo que Matilda se parara en seco y asumiera que dulcificaría sus palabras con una sonrisa o algún comentario que las convirtiera en una broma, pero Dante se limitó a seguir caminado, y ella tuvo que acelerar el paso para alcanzarlo.

–¿Tus suegros viven aquí?

–¡Por Dios, no! –Dante se estremeció–. Viven a varios kilómetros de aquí. Pero Katrina pasa aquí mucho tiempo últimamente porque estamos entrevistando a posibles niñeras, preferiblemente alguien mayor de sesenta años y con una pata de madera, claro. Lo quiera o no, tengo que contar con ella para atender a Alex, pero si decido quedarme en Australia… –calló bruscamente, como si acabara de decidir que ya había dicho demasiado. Caminaron en silencio sobre un césped inmaculado y rodearon una gigantesca piscina que Matilda observó con envidia.

–Úsala siempre que quieras –le invitó Dante.

–Gracias –respondió ella, aun sabiendo que no se pondría en biquini delante de él.

–Éste es el jardín –dijo Dante cuando llegaron a una verja–. Está muy descuidado. Llevo tiempo queriendo adecentarlo, pero mi jardinero está haciéndose mayor –hizo una pausa con la mano sobre la verja–. Por cierto, yo pagaré la factura.

–Hugh es quien me ha contratado –indicó Matilda.

–Pero soy yo quien va a pagar, Matilda. No quiero que Hugh pague mis reformas.

Lo cierto era que Matilda no quería que pagara él. Le ponía nerviosa que fuera él quien la contratara, tener que rendirle cuentas.

–¿Necesitas un adelanto? –preguntó Dante–. No

sé a qué acuerdo llegaste con Hugh, pero supongo que tendrás que pagar a los trabajadores y…

—Sigo teniendo un acuerdo con Hugh —le corrigió Matilda, y vio que el rostro de Dante se ensombrecía. Era evidente que no estaba acostumbrado a que le llevaran la contraria, y aunque Matilda necesitaba dinero con urgencia para pagar a todos aquellos que estaban pendientes de pago, no estaba dispuesta a acatar las normas que Dante quisiera imponerle—. Yo he sido contratada por Hugh. Si quieres cambiar el plan inicial, tendrás que hablar con él.

En contra de lo que Matilda esperaba y de que percibió que estaba contrariado, Dante no protestó. Ella, sin mirarle a la cara, entró en el jardín, y todo pensamiento anterior quedó borrado de su mente. A pesar de la deprimente descripción de Dante, Matilda se encontró rodeada de belleza, una belleza adormecida bajo un exceso de zarzas y de espinas.

Matilda podía apreciar un césped cortado a la perfección como el que acababan de atravesar, pero para ella nada era comparable a la decadente belleza de un jardín abandonado. Tenía la superficie de un edificio medio, y en el centro había un majestuoso sauce llorón que debía de tener más de cien años. Matilda miró a su alrededor e inmediatamente su mente empezó a trabajar. Un jardín recién creado era como un lienzo en blanco al que el tiempo dotaba de color y profundidad mucho después de que ella hubiera recogido sus herramientas y se hubiera marchado.

—Vistas —dijo, pensando en alto. Dante frunció el ceño sin comprender—. Tiene que haber muchos senderos radiales con el sauce como punto de partida, que conduzcan a escondites, espacios diferenciados protegidos por setos que sirvan de refugio a Alex…

–¿Crees que puedes hacer algo con él?

En lugar de responder, Matilda se limitó a asentir con la cabeza mientras continuaba imaginando una fuente en uno de los rincones, un parterre de arena de playa en otro, un…

–Un castillo –escapó de sus labios–. Un castillo encantado, de cuento de hadas. Sé de alguien que hace construcciones con cubos y…. –miró al suelo, y se sacudió la arena de las sandalias–. Por ahora plantaremos césped, pero luego cada sendero será distinto. Habrá tréboles, margaritas…

–¿Podrás hacerlo en el tiempo establecido?

Matilda asintió.

–Puede que incluso menos. Mañana lo sabré con más certeza. A las seis vienen los primeros trabajadores. Haremos mucho ruido, pero sólo mañana…

–No pasa nada. Katrina ha dicho que se ocupará de Alex –hizo una pausa durante la cual Matilda pensó que estaba meditando una vez más en la cuestión del dinero, pero fue otro el tema que sacó–: Siento que te haya hecho sentir incómoda.

–No me ha incomodado –al ver que Dante ponía cara de no creerla, añadió–: Bueno, un poco sí, pero no tiene importancia.

–Te acompañaré al cenador, pero no pienses que tienes que cocinar para ti misma. Puedes venir a casa siempre que quieras.

–Estaré muy cómoda –dijo Matilda–. Quizá incluso sea mejor que…

Dante, siempre tan directo, la interrumpió:

—¿Por lo que pasó el viernes?

Matilda se ruborizó, pero consiguió sonreír.

—No creo que a Katrina le gustara saberlo. Ni siquiera sabe que cenamos juntos.

—No es asunto suyo —señaló Dante.

—Pero ella cree que sí.

—Matilda —Dante la miró fijamente, y ella, incapaz de mantenerle la mirada, fijó la vista en el suelo—. Te voy a decir lo mismo que a Katrina: no quiero tener ninguna relación. Por el momento añoro lo que he perdido: a mi mujer y la felicidad de mi hija.

En lugar de alzar la mirada, Matilda se mordió la lengua para no hacer las preguntas que acudieron a su mente, pero Dante pareció adivinarlas, y las contestó una a una:

—Me gustan las mujeres hermosas —dijo lentamente—, y tal y como leíste en el artículo de ayer, de vez en cuando me gusta disfrutar de su compañía. Pero siempre saben que la relación no puede ir más allá. Si el viernes te di a entender otra cosa, quiero disculparme.

—No me diste a entender nada —consiguió decir Matilda con voz ronca. Comprendía perfectamente el mensaje que Dante quería transmitirle. Quizá estaba dispuesto a compartir su cama ocasionalmente, pero no su corazón. Y ella sabía bien que no estaba dispuesta a eso, que mitigar el dolor de Dante sólo contribuiría a exacerbar el suyo. Dante le tomó la barbilla para obligarla a mirarlo, pero Matilda esquivó su mirada. Estaba segura de que, de otra manera, estaría perdida—. No me diste a entender nada. Sólo me diste un beso de despedida. Ni entonces ni ahora he pensado que pudiera haber algo entre nosotros –Dante la miró con expresión de incredulidad. Decidida a convencerlo, Matilda tomó aire. Tenía que marcar sus propios límites para sobrevivir a las siguientes dos semanas. No estaba dispuesta a ser una de las *flores de un día* de Dante–. Desde que rompí con Edward, he salido con varios hombres, he besado a algunos, pero… –se encogió de hombros–. Lo que quiero decir, Dante, es que un beso ha sido suficiente.

–Comprendo –dijo él con una sonrisa crispada.

–No volverá a suceder –afirmó ella, confiando en que, si lo repetía suficientes veces, llegaría a creerlo.

–Sólo quería dejar las cosas claras.

–Me alegro de que lo hayas hecho –Matilda forzó una sonrisa animada, confiando en que la tortura hubiera acabado.

–Y yo siento que no disfrutaras el beso –las palabras de Dante borraron la sonrisa de Matilda. ¿Estaría tomándole el pelo? ¿Sabía que había mentido? Porque lo había hecho. Aquel beso había sido el mejor de su vida. Sólo recordarlo ardía por dentro, pero Dante no debía enterarse. Había dejado claro que sólo le interesaban las aventuras pasajeras, y ella no tenía la menor intención de convertirse en una de ellas. Jugar con Dante era más peligroso que jugar con fuego–. Y yo que pensé…

–¿Te importaría indicarme en qué zona del jardín estamos, por favor? –le cortó Matilda. No estaba dispuesta a dejarse arrastrar por un terreno tan resbaladizo. Se giró bruscamente, con tan mala fortuna que se enredó en una zarza y las espinas le arañaron la pierna. Dejó escapar un grito sofocado.

–¡Cuidado! –Dante reaccionó con la celeridad de un rayo. Sujetó la rama y tomó a Matilda por el codo al tiempo que se agachaba a inspeccionar la herida.

–No ha sido nada –dijo ella, conteniendo las lágrimas que asomaron a sus ojos por una mezcla de dolor y de vergüenza.

–Estás sangrando.

–Sólo es un arañazo. Indícame hacia dónde ir –Matilda prácticamente gritó. Estaba ansiosa por quedarse sola y no sentirse bajo el escrutinio de sus ojos de azabache.

Dante, en lugar de responder, se arrodilló y pasó un pañuelo por la herida mientras con la otra mano le sujetaba la pierna. Matilda se mordió el labio con tanta fuerza que temió hacerse sangre; tenía todo el cuerpo en tensión y, al sentir el aliento de Dante sobre su piel, se le formó un nudo en el estómago.

–En cuanto deje de sangrar, te acompañaré al cenador –la voz de Dante sonó relajada; sus pulsaciones no se habían acelerado. Por contraste, Matilda sentía cada célula de su cuerpo sacudirse como si estuviera en medio de un huracán, y por su mente pasaron imágenes que no se creía capaz de inventar conscientemente. Los dedos de Dante presionaban la herida y su aliento la acariciaba. Matilda anhelaba que sus labios llegaran a tocarla, que ascendieran por su muslo, que alcanzaran su entrepierna, que aliviaran el calor que sentía con su fría mano–. Creo que tenemos un botiquín de primeros auxilios…

—De verdad que no ha sido nada.

—Ya sé que no ha sido nada, pero… —Dante calló bruscamente al mirar hacia arriba. Matilda le sostuvo la mirada como si fuera un ciervo atrapado por los faros de un coche. Estaba segura de que él había sentido lo que le estaba pasando, que podía incluso sentir su excitación y que, en consecuencia, acababa de descubrir que ella le había mentido al decirle que no lo deseaba.

Un tenso silencio se impuso entre ellos mientras se miraban sin parpadear. Durante los siguientes segundos, lo que hiciera Dante podría determinar lo que sucedería a continuación. Matilda había perdido todo control y, si él tiraba de ella, los dos sabían que no opondría resistencia.

—Matilda… —los ojos de Dante le transmitieron deseo y lujuria. Afortunadamente, su voz rompió el embrujo y Matilda recuperó una mínima fracción de sentido común, tiró de la pierna y, con el rostro encendido, avanzó a grandes zancadas hasta la verja, la abrió de par en par y se fue. Necesitaba respirar, alejarse de Dante, reflexionar antes de volver a enfrentarse a él.

Estaban pidiendo a gritos que me los llevara.

Eran las palabras que Dante le había dirigido el viernes por la noche y que Matilda no podía borrar de su cabeza mientras él le mostraba el cenador.

En cuanto se marchó, Matilda se dejó caer sobre la cama y ocultó el rostro entre las manos. No comprendía qué le pasaba. Según Edward ni siquiera le gustaba el sexo, así que no tenía ningún sentido que se comportara como una adolescente dispuesta a tener un romance con un hombre al que sólo le interesaba su cuerpo.

Y la tentación era difícilmente resistible. Dijera lo que dijera, lo deseaba como no había deseado a ningún otro hombre. Pero al contrario de lo que le sucedía a él, ella quería mucho más que una mera relación física.

Por primera vez miró a su alrededor y descubrió que el cenador era encantador. Se trataba de una cabaña en la parte de atrás de la propiedad que había sido decorada con un gusto exquisito. A la derecha de la entrada había una cocina americana y, a la izquierda, un dormitorio con cuarto de baño. Janet llevó sus bolsas y le explicó que sólo se utilizaba ocasionalmente.

—El señor Costello quiere saber si cenará con él —preguntó Janet, después de llenar la nevera con provisiones—. Se cena a las siete y media, después de que Alex vaya a la cama, excepto los martes y los jueves que acudo a una clase sobre la Biblia y…

—No —replicó Matilda. Al darse cuenta de que había hablado con brusquedad, suavizó el tono—. Me refiero a cenar con el señor Costello. Por favor, dele las gracias de mi parte.

—Le traeré algo —ofreció Janet.

—No hace falta. Tomaré un sándwich o iré a uno de los cafés del pueblo —dijo Matilda.

—Como desee —Janet se encogió de hombros. Antes de salir, añadió—: Si necesita algo, llámeme.

Cuando se quedó sola, Matilda se puso su ropa

de trabajo: unos viejos vaqueros, una camiseta de algodón y unas pesadas botas. A continuación, llamó a Demian para recordarle que llevara la máquina desbrozadora y confirmó el alquiler de contenedores que había realizado por la mañana. Luego, salió al jardín con un cuaderno de notas y una cinta métrica.

Como le sucedía siempre que se enfrascaba en su trabajo, las horas pasaron sin que se diera cuenta, y para cuando volvió al cenador, sedienta y exhausta, los últimos rayos del sol habían desaparecido hacía tiempo. Estaba ansiosa por darse una ducha templada…

¡Pero no fría!

Dando un salto de alarma, Matilda giró los grifos con la esperanza de estar haciendo algo mal, pero al cabo de unos minutos tuvo que aceptar la realidad: no había agua caliente.

Se envolvió en una toalla y se sentó temblorosa en la cama para decidir qué hacer. De estar allí para archivar papeles o cualquier trabajo administrativo habría podido soportar esa situación. Pero el trabajo de jardinería podía ser extremadamente sucio, y la idea de pasar dos semanas con las uñas repugnantes y el pelo sucio le espantaba. Lo lógico sería llamar a Janet y explicarle lo que sucedía, pero nada de lo que estaba sucediendo tenía ninguna lógica, y lo último que estaba dispuesta a hacer era cruzar el inmaculado césped de Dante envuelta en una toalla y con el neceser en el brazo.

Al ver que tenía una pava eléctrica, puso los ojos en blancos y tomó una decisión. Llenó el fregadero con agua caliente y tomó una pastilla de jabón sin dejar de pensar en lo irónico que resultaba estar en la mansión de un multimillonario y tener que lavarse como si fuera una pordiosera.

Capítulo 5

HACÍA un calor espantoso.
Matilda llenó la botella con agua del grifo y contempló el paisaje.

Por la mañana la temperatura era muy baja. Matilda se había puesto varias camisetas, un jersey, crema protectora y un sombrero. Al alba, llegaron los trabajadores y les dio instrucciones. Puesto que el dinero no era un problema y en cambio tenían poco tiempo, había contratado a una cuadrilla numerosa para limpiar el terreno. Todos trabajaron con intensidad, y los contenedores se llenaron con rapidez. A medida que la temperatura subió, Matilda fue quitándose ropa, y el jardín fue emergiendo de entre las zarzas. Para el final de la tarde, el sol le quemaba en los hombros desnudos mientras contemplaba el resultado de una jornada de intenso trabajo. Los trabajadores se habían marchado con los contenedores, y el terreno había quedado desnudo y embarrado, presidido por el sauce. Matilda ya tenía su lienzo en blanco.

Recorrió el terreno mientras bebía agua y revisaba la valla, que parecía estar en buen estado. Sólo necesitaría pintura y algún retoque, pero las dos cosas tendrían que esperar al día siguiente. Matilda estaba demasiado cansada como para ponerse manos a la obra. Todavía tenía que recoger las herramientas antes de ir a su hogar temporal. Miró con desánimo la tarea que le esperaba y, llenado el sombrero de agua, se lo puso y cerró los ojos para disfrutar de la improvisada ducha.

—Matilda —la voz de Dante la sobresaltó—. Perdona que te haya asustado.

Matilda sacudió la cabeza.

—No me has asustado. Además, es tu jardín. Estaba a punto de recoger —avergonzada por el aspecto que presentaba, y consciente de que sus pezones se marcaban descaradamente en la camiseta mojada, dio la espalda a Dante y comenzó a recoger.

—He traído a Alex a ver el jardín —Dante llevaba a la niña en brazos, cruzó el barro y la dejó en la única zona donde había césped, bajo el sauce.

Matilda se resignó a tener que hablar con él, dejó las herramientas y se incorporó. Dante llevaba pantalón corto y zapatillas de deportes. Mostraba un cuerpo musculoso y tonificado.

—Hola, Alex —Matilda sonrió a la niña. Sin preocuparle no obtener respuesta, añadió—: Ya sé que por ahora sólo parece un campo de barro, pero dentro de unos días será una preciosidad.

Alex mantenía la vista fija en un punto indeterminado. Tenía el cuerpo en tensión, y no movió ni un músculo mientras Matilda continuó haciendo comentarios, describiendo el castillo encantado, el parterre de arena de playa, las fuentes…

—Habéis trabajado mucho —comentó Dante—. ¿Qué es lo siguiente?

—La parte más aburrida —explicó Matilda—. Mañana vendrán los fontaneros y los electricistas. Luego,
los albañiles. Pero una vez hayan acabado, el jardín
empezará a adquirir su aspecto final —aunque ansiaba preguntarle a Dante qué tal le había ido a él y prolongar la conversación, guardó silencio. Si Dante
quería hablar, tendría que ser él quien hiciera el esfuerzo. Ella ya se había humillado bastante.

El silencio se prolongó incómodamente hasta que
Dante fue hacia su hija y la tomó en brazos.

—Es hora de ir a la cama, pequeña —dijo. Y la dulzura con la que habló hizo estremecer a Matilda.

Sin embargo, Alex dejó escapar un grito agudo y
apretó los puños con fuerza. Matilda la miró con
ojos desorbitados. Jamás había visto una transformación tan súbita de la calma a la ira. Dante, por el
contrario, parecía tan habituado que, sin inmutarse,
le sujetó las muñecas a ambos lados del cuerpo.

—No —dijo con calma—. No se pega.

Con una mezcla de severidad y ternura, tomó a la
niña en brazos, estrechándola con fuerza contra su
pecho sin prestar atención a sus gritos de desesperación. Lentamente, Alex se fue tranquilizando hasta
que Dante volvió la mirada hacia Matilda con una tímida sonrisa.

—Aunque te cueste creerlo, acabas de recibir su
aprobación. Nunca se resiste a dejar el jardín. Puede
que tengáis razón y llegue a gustarle —Matilda le devolvió la sonrisa. Dante añadió—: Voy a llevarla dentro —la
niña, completamente calmada, descansaba en los brazos de su padre con la mirada perdida como si no hubiera ocurrido nada—. ¿Te falta mucho para terminar?

–No –dijo Matilda–. Sólo tengo que recoger algunas cosas.

–Si quieres venir a cenar a casa…

–No, gracias –dijo ella sin ofrecer ninguna explicación.

–No es ninguna molestia –insistió Dante, pero Matilda no estaba dispuesta a acercarse a él para que, una vez más, la rechazara o le dedicara palabras hirientes–. Sólo tengo que calentar la cena. Janet acude los lunes y los jueves a su reunión con Alcohólicos Anónimos…

–Pero si ha dicho que… –Matilda, furiosa consigo misma por haber reaccionado, se tapó la boca con la mano.

–Todos tenemos nuestros secretos, ¿recuerdas? –Dante se encogió de hombros y luego le dedicó una sonrisa maliciosa–. Vamos, ven –la invitó una vez más.

–No –dijo Matilda con rotundidad.

Y sin molestarse con fórmulas de cortesía, dio media vuelta y continuó con su trabajo. Sólo cuando oyó la verja cerrarse a su espalda, después de lo que le pareció un siglo, pudo volver a respirar.

Alex no sólo se parecía a su padre físicamente, reflexionó. Los dos compartían la misma personalidad solitaria y oscura, de una crueldad que afloraba caprichosamente y en el momento más imprevisible, cuando temían que alguien se les acercara demasiado aunque ellos mismos lo hubieran atraído… Y siempre conseguían ser perdonados.

Matilda intentó convencerse de que una ducha fría le sentaría bien mientras probaba la temperatura del agua con los dedos. Llevaba todo el día acalorada, así que le sentaría bien refrescarse. Lo malo era que, con el tipo de trabajo que hacía, debía darse una ducha prolongada para lavarse el cabello y librarse de todo resto de polvo y tierra.

Apretó los dientes y se metió en la ducha. En cuanto el agua la tocó, dejó escapar un grito y se enjabonó el cabello a toda prisa, confiando en poder aclimatarse a aquella tortura. Pero en lugar de templarse, el agua se fue enfriando cada vez más. Por fin, sin llegar a aclararse bien, cerró el grifo y se envolvió en una toalla. Tenía los ojos enrojecidos por el agua con restos de jabón que le había entrado en los ojos. Temblorosa y sin dejar de maldecir, asió el pomo y, abriendo de par en par, salió con tanta decisión que se dio de bruces contra una muralla humana.

–¿Cuándo pensabas decírmelo? –preguntó Dante, airado–. Te he oído gritar.

Matilda lo miró, perpleja.

–¿Has estado espiándome? –se sentía avergonzada y furiosa. Sus ojos enrojecidos se posaron en un walkie-talkie que Dante llevaba en la mano.

–No digas tonterías, es un receptor para controlar bebés –explicó él, Y aunque mantenía una expresión seria, Matilda vio que le temblaban las comisuras de los labios porque intentaba no reírse de ella–. Janet ha dejado una nota diciéndome lo del agua. Acabo de leerla. Haz el favor de recoger tus cosas para que te ayude a llevarlas.

–No es necesario –dijo Matilda, que se sentía vulnerable por su desnudez y al mismo tiempo humillada al comprobar que ni siquiera en esas condiciones Dante parecía alterarse–. Mañana vendrá un fontanero y…

–Matilda –Dante suspiró con impaciencia–. Mi hija está en casa sola, así que, por favor…. –dejó la frase en suspenso, y Matilda se dio cuenta de que estaba equivocada, de que a Dante sí le turbaba que estuviera desnuda. Sujetó la toalla con firmeza y bajó la mirada hacia sus pies mojados, que empezaban a dejar un pequeño charco en el suelo. Dante continuó–: Vístete, Matilda –masculló–. Luego vendré a por tus cosas.

Y con aquellas palabras indicó que no estaba dispuesto a seguir discutiendo. La decisión estaba tomada.

Capítulo 6

MATILDA se reunió con Dante, incómoda y todavía avergonzada, en la mesa que constituía el centro de su impresionante cocina. Sobre ella estaba el receptor con una luz parpadeante que Dante llevaba al ir a buscarla, y Matilda se ruborizó aún más al recordar que lo había acusado de espiarla. Se cuadró para enfrentarse a algún comentario ácido de Dante, pero éste le sorprendió limitándose a servir una copa de vino y a pasársela a través de la mesa.

—¿Te gusta el tinto?

—Me encanta —mintió Matilda, aunque tras una tentativo sorbo descubrió que aquel tinto no tenía nada que ver con los que había probado con anterioridad y estaba realmente delicioso. Luego lo hizo girar en su copa y lo observó atentamente. Cualquier cosa con tal de no tener que mirar a Dante.

Un ruido procedente del receptor la sobresaltó.

—Es una interferencia —explicó Dante al tiempo que presionaba unos botones—. Alguien habrá puesto en marcha un secador o un cortacésped cerca de aquí. Basta con cambiar el canal.

—¡Ah!

—No tienes ninguna experiencia con niños, ¿verdad?

—Ninguna. Bueno, a no ser la de mi amiga Sally.

—¿Tiene hijos?

—No –Matilda sonrió–, pero en varias ocasiones ha creído que estaba embarazada.

Dante dejó escapar una sonora carcajada que cautivó el corazón de Matilda. Una vez más descubrió que con él era fácil pasar de la máxima tensión a sentirse cómoda y relajada, y también ella rió. Sentía un inmenso placer cuando Dante revelaba algo de sí más allá de la máscara impasible que presentaba al mundo, una faceta nueva dentro de su compleja personalidad. Cuando habló, mantuvo un tono cálido y abierto.

—Hasta que Alex nació, yo sólo había visto recién nacidos en la televisión –Dante frunció el ceño como si pensara en ello por primera vez–. No había tenido demasiadas oportunidades. Mi madre es la más pequeña de siete, todos mis primos son mayores que yo, y yo soy el más pequeño de mi familia. ¡Y el más mimado!

—No me cabe la menor duda –Matilda puso los ojos en blanco sin dejar de sonreír mientras Dante continuaba hablando.

—Y de pronto, aparece esta pequeña en mi vida y tengo que saber cómo ocuparme de ella –Dante extendió las manos en un gesto de frustración.

—Yo estaría aterrorizada –admitió Matilda.

—Inicialmente, yo también –dijo él–. Bueno, y ahora también.

Matilda lo observó con expresión seria, viéndolo

como el padre que tenía sobre sus hombros la responsabilidad de cuidar solo de su hija, en lugar de como el hombre que la perturbaba.

–Debe de ser muy duro.

–Lo es –Dante asintió, y no dulcificó sus palabras con los acostumbradas expresiones de satisfacción que solían acompañar a un comentario así, ni sonrió para precipitarse a aclarar que valía la pena o que era lo mejor que le podía pasar. Se limitó a mirar a Matilda en un prolongado silencio hasta que continuó–: La semana que viene empiezo un juicio, pero una vez se acabe, tendré que tomar una decisión.

–¿Respecto a mudarte a Italia?

–Así es. Todos los médicos con los que he consultado dicen que Alex necesita rutina y estabilidad, y por el momento no le estoy proporcionando ni una cosa ni otra. Katrina siempre está dispuesta a ayudar, pero… –Dante vaciló y bebió vino mientras Matilda contenía el aliento con la esperanza de que continuara hablándole de sus problemas–. Quiere mantener a Jasmine viva, no soporta la idea de que la niña la olvide, lo cual es comprensible, pero en ocasiones resulta…

–¿Un tanto excesivo? –sugirió Matilda tentativamente. Y al ver que Dante no la censuraba, se alegró de comprender por lo que estaba pasando.

–Muy excesivo –dijo él finalmente. Luego, dio la conversación por terminada y se puso en pie–. Te llevaré al dormitorio de invitados antes de cenar. Está listo.

–Puede que me limite a tomar un sándwich cuando vaya a por mis cosas –comenzó a decir Matilda, pero, en lugar de contestar, Dante pasó de largo y la precedió escaleras arriba.

Cuando pasaron por la puerta del dormitorio de Alex le hizo un gesto para que no hiciera ruido y continuó hasta una puerta al fondo del corredor.

En cuanto entraron, Matilda se dio cuenta de que tenían distintas nociones de lo que era un cuarto de invitados. Para ella, se trataba de una habitación con una cama y una tabla de planchar, pero era evidente que los invitados de Dante estaban acostumbrados a mayores lujos. Al verla, Matilda se dio cuenta de que, enviándola al cenador, Katrina había querido dejar bien claro adónde la relegaba. Hasta aquel momento había estado encantada con sus dependencias, pero no había comparación posible. Una enorme cama con una colcha de lino blanco dominaba el espacio. Pero en lugar de estar apoyada en una pared, de cara a la puerta, tal y como era lo acostumbrado, se había dejado caprichosamente en el centro, mirando hacia una enorme cristalera desde la que se divisaba la bahía. Matilda pensó que se había muerto y acababa de despertarse en el cielo, y maldijo todo el tiempo que había pasado en el cenador cuando podía haber disfrutado de aquel maravilloso dormitorio.

–No pienso dormir –dijo con expresión ensoñadora al tiempo que se acercaba a la ventana y pegaba las manos y la cara al cristal para mirar hacia el exterior como una niña ante un escaparate de juguetes–. Voy a pasar toda la noche mirando el mar, y por la mañana estaré demasiado cansada como para trabajar. ¡Es maravilloso!

–Y… –Dante utilizó un tono teatral para bromear

que Matilda no le había oído hasta entonces–, ¡tiene agua caliente!

–¡Increíble! –ella le siguió la broma, encantada con aquella faceta de la personalidad de Dante, que sólo debía mostrar en la intimidad.

–Pero además –continuó él–, no se trata de un agua cualquiera, sino de… ¡agua caliente al instante! –Dante abrió con gesto dramático la puerta del cuarto de baño, y Matilda se acercó a verlo.

La sonrisa se borró de sus labios al entrar. Era verdaderamente magnífico, pero se sentía incapaz de usarlo. Sus ojos recorrieron con espanto la gigantesca ventana en la que, por más que la buscara, no se veía una cortina.

–Nadie puede verte –dijo Dante con sorna al ver la expresión de su cara.

–Aparte de todos los barcos que pasen de camino a Tasmania –farfulló Matilda.

–El cristal tiene un tratamiento especial. Está tintado –explicó Dante, sonriéndola con una sinceridad que una vez más hizo sonreír a Matilda–. Te juro que nadie puede verte.

–Menos mal.

–Y ahora que te he tranquilizado, ¿podemos ir a cenar?

Matilda lo siguió sin protestar. Al pasar junto a la puerta de Alex, Dante se puso un dedo en los labios y la entreabrió para ver a su hija. Matilda lo esperó fuera. La pequeña dormía con una pierna asomando entre los barrotes de la cuna, su rostro tenía una expresión angelical. Matilda sintió que se le encogía el corazón al pensar en cuánto había sufrido para ser tan pequeña, y se le formó un nudo en la garganta al ver la delicadeza con la que Dante le colocaba bien la pierna y la tapaba, acariciándole el cabello con ternura al ver que se movía. Para entonces, Matilda había dejado de mirar a la niña y contemplaba a Dante con los ojos llenos de lágrimas por la sensibilidad que demostraba.

Cuando no actuaba con soberbia ni arrogancia era un hombre realmente excepcional.

Realmente excepcional, volvió a pensar cuando, un poco más tarde, Dante llevó dos platos a la mesa y cenaron.

Quizá ayudara el vino o el ambiente, pero lo cierto fue que la conversación fluyó con increíble facilidad, hasta el punto de que, cuando Matilda hizo una referencia a su reciente ruptura sentimental, no se puso a la defensiva al ser preguntada por Dante sobre las causas de la ruptura. Se limitó a encogerse de hombros y a reflexionar unos instantes antes de responder.

—La verdad es que no lo sé —admitió finalmente—. No sé cuándo comenzaron los problemas. Durante mucho tiempo fuimos muy felices. Edward empezaba a tener éxito en los negocios, veíamos las casas juntos…, y, de pronto, empezamos a discutir por todo. Todo lo que yo hacía le parecía mal: mi ropa, mis amigos. Nada de lo que pudiera hacer le hacía feliz.

—¿Todo iba a la perfección, y de pronto empezasteis a discutir? —preguntó Dante con incredulidad—. Es imposible, Matilda. La perfección no existe. Tuvo que haber algo, un aviso de que las cosas no iban tan bien como aparentaban. Siempre lo hay.

—¿Cómo lo sabes? —preguntó Matilda—. ¿Cómo sabes tantas cosas?

—Mi trabajo consiste en saber cómo funciona la mente de las personas —respondió Dante. Luego sonrió y personalizó su comentario—. Recuerda que yo también he mantenido una relación, Matilda. Por eso sé que no todas son perfectas.

La opinión general era que la de Dante lo había sido, pero Matilda se mordió la lengua por miedo a romper la magia de aquel instante y porque estaba disfrutando de la conversación.

—Supongo que siempre coqueteaba con otras mujeres y que eso me irritaba —admitió—. Solíamos ir a cenas de trabajo, y no me gustaba cómo trataba a algunas de ellas. No me considero una persona celosa, pero supongo que si actuaba así cuando yo estaba presente… —su voz se apagó. De pronto le avergonzó haber desvelado tanto. Pero Dante asintió y la observó con expresión comprensiva. Tanto, que Matilda deseó contarle toda la verdad sobre lo que Edward le había hecho sentir. Y tal vez, aprovechando la confesión, que Dante compartiera con ella sus propios sentimientos—. No me engañaba, pero supongo que con el tiempo…

—Probablemente —Dante se encogió de hombros—. Quizá después de que tuvierais un hijo, o cuando tú estuvieras demasiado ocupada con tu trabajo como para que él siguiera siendo el centro de tu vida —debió darse cuenta de que Matilda reprimía el deseo de hacerle una pregunta y evidentemente, adivinó de qué se trataba, pues la contestó sin que ella tuviera que enunciarla–: No, Matilda, yo no engañaba a Jasmine. Me gustan las mujeres hermosas, y mi mujer y yo pasamos por las fases que acabo de mencionar, pero te aseguro que jamás se me pasó por la cabeza fijarme en otra mujer. Siempre quise resolver nuestros problemas, no empeorarlos.

Aquellas palabras convencieron a Matilda de que podía abrirse a Dante, y fueron como un bálsamo para ella, que por primera vez veía los últimos meses desde una nueva perspectiva.

–Al final estaba tan ocupado con su trabajo, que no quedaba tiempo para nada más.

–¿Para *nada*? –preguntó Dante, tan directo como de costumbre.

Matilda bebió un largo sorbo antes de asentir.

–He pasado meses dándole vueltas, preguntándome si me inventaba las cosas, si Edward tenía razón y yo tenía la culpa de que no pudiera… –cerró la boca bruscamente. Acababa de desvelar mucho más de lo que pretendía. Confió en que Dante se diera cuenta y dejara la conversación en aquel punto, pero no fue así.

–¿De qué tenías la culpa? –preguntó, incisivo.

–De nada –dijo Matilda con voz aflautada–. ¿No te parecen suficientes razones como para acabar la relación?

–Desde luego que sí.

Se produjo un profundo silencio. Por más comprensivo que Dante fuera, Matilda sabía que no podía ayudarle con aquello. Ni siquiera se sentía capaz de revivir aquella escena, de repetir las palabras que seguían torturándola. Y además, Dante no tenía por qué enterarse.

—Las personas como Edward no son capaces de asumir sus propios fallos. Prefieren hacerte sentir fatal antes que admitir que tienen un problema —Dante habló con una delicadeza especial, y aunque Matilda no fue capaz de alzar la vista, podía sentir su mirada clavada en ella. Su clarividencia la perturbó, haciéndole sentir transparente, como si Dante pudiera ver las partes más oscuras de su alma y ella se ofreciera voluntariamente a iluminarlas para él. Y por algún extraño motivo que sólo podía aproximarse a la locura, sintió un impulso incontenible de dejar expuesto su dolor, de compartirlo con Dante.

—Dijo que era mi culpa… —sin saber cómo, balbuceó las palabras con los ojos cerrados. Apretó los párpados y dijo lo que no había conseguido contarle ni a sus mejores amigas—. Que si yo fuera más interesante, si me hubiera esforzado más, él no se habría fijado en otras mujeres, que no tendría… —no fue capaz de decirlo todo. Sentía un sudor frío entre los senos y un calor intenso en sus mejillas al recordar las crueles y obscenas palabras que Edward le había dedicado.

—Supongo que no es fácil ser muy apasionado en la cama cuando la otra persona no te ha prestado atención en todo el día —Matilda abrió los ojos de golpe y contempló a Dante, boquiabierta. No llegaba a acostumbrarse a su capacidad para llamar a las cosas por su nombre—. De hecho, imagino que debe ser difícil entregarse al cien por cien mientras te preguntas si él te sostiene en sus brazos a ti o está pensando en la última mujer con la que le has visto coquetear.

Matilda descubrió que estaba llorando. Lágrimas de desconsuelo rodaban por sus mejillas al dejar al descubierto el dolor que llevaba tanto tiempo reprimido. Dante continuó hablando con la misma dulzura. Pero aunque estuvo a punto de dar en el clavo, Matilda todavía no estaba en condiciones de desvelar el episodio más oscuro de su relación.

—Era él quien tenía un problema, no tú —concluyó Dante.

Matilda se secó los ojos.

—Supongo que es cuestión de opiniones. Pasé los últimos meses de la relación intentando recuperar lo que habíamos perdido, pero no sirvió de nada —sacudió la cabeza. Ni quería ni podía seguir hablando. Dante, intuitivo, la dejó calmarse y le ofreció otra copa de vino—. ¿Y tú?

—¿Yo? —Dante frunció el ceño.

—¿Cómo era tu relación?

—¿A qué te refieres?

—Antes has dicho que no era perfecta.

—No —Dante sacudió la cabeza—. He dicho que no todas lo eran. Eso no significa que incluya la mía.

Matilda estaba segura de que Dante mentía, y también de que daba el tema por zanjado, pero ella se resistió. Había hablado demasiado de sí misma, había compartido demasiado con él como para que Dante volviera a adoptar una actitud distante e impersonal.

—Has dicho que querías solucionar vuestros problemas, Dante —insistió con dulzura—. ¿Qué problemas teníais?

—¿Acaso tienen alguna importancia? —Dante hizo

girar el vino en su copa para evitar mirar a Matilda–. Como acabas de decir, es cuestión de opiniones, y no sería justo dar la mía cuando Jasmine no puede dar la suya.

–No estoy de acuerdo –Matilda se mordió el labio y, aunque su voz sonó temblorosa, se asombró de su osadía al saber que lo que iba a decir podía acarrearle dolor–. Si quieres acercarte a una persona tienes que darle una parte de ti mismo. Incluso las partes malas…

–¿Y tú quieres acercarte a mí?

Dante sí la miró al pronunciar aquellas palabras. Ella le sostuvo la mirada, y asintió con gesto nervioso.

–Háblame de ti, de tus sentimientos…

–¿Qué parte del infierno quieres visitar?

Matilda contuvo el aliento y lo observó en silencio. Dante dejó la copa, apoyó los codos en las rodillas y se pasó la mano por el cabello. Su dolor era tan palpable, que Matilda tuvo que reprimir el impulso de alargar la mano y acariciarle la cabeza. Finalmente, Dante alzó la mirada y la miró a los ojos.

–Siempre hay… –no pudo continuar. Un grito agudo los sobresaltó. Dante tomó el receptor y se puso en pie–. Tengo que ir junto a Alex. Luego me iré a la cama. Tengo un montón de papeles que leer. Buenas noches, Matilda.

–Déjame ayudarte con Alex.

–No le gustan los desconocidos –Dante había vuelto a erigir la muralla que lo separaba del mundo, y miró a Matilda con frialdad. Acababa de romper el frágil puente que habían tendido.

—Dante... —dijo Matilda. Pero él ya no la escuchaba, y sus palabras se perdieron en el aire mientras Dante cerraba la puerta a su espalda—. No me conviertas en una extraña.

Capítulo 7

COMO era de esperar, Katrina hizo llamar a un fontanero para que resolviera el problema del agua con toda celeridad, y Matilda asumió, desilusionada, que a no ser que se produjera un milagro pronto volvería a mudarse al cenador. Y la razón de querer quedarse en la casa no era exclusivamente Dante, sino el haber despertado sobre una gloriosa cama, en una habitación de cuento de hadas inundada de un sol radiante y con unas vistas espectaculares.

–¡Hormigas blancas! –Katrina estuvo a punto de atragantarse con el té al recibir la noticia del fontanero. Matilda tuvo que contener la risa mientras colocaba unas tazas de café en una bandeja para llevársela a los trabajadores–. Bueno, supongo que puede arreglar el agua en primer lugar. Ya aplicaremos un tratamiento contra las hormigas cuando… –dejó la frase inconclusa, pero las palabras quedaron suspendidas en el aire, y Matilda rellenó un azucarero con gran cuidado para ver cómo continuaba–. Resuelva el problema del agua. No es necesario que haga todo hoy mismo.

—Me temo que es imposible —dijo el hombre animadamente—. Las paredes no son los bastante estables como para poder cambiar las tuberías. Hay que aplicar el tratamiento y reponer algunas de las paredes antes de continuar. Va a ser un trabajo bastante complejo.

Y no fue el único que se presentó en los siguientes días.

Katrina prácticamente se mudó a casa de Dante. Llegaba antes de que él se fuera a trabajar y se marchaba sólo cuando volvía, casi siempre bastante tarde. Matilda ni siquiera lo veía. Estaba demasiado ocupada resolviendo sus propios problemas con el jardín. El maravilloso sauce alargaba sus raíces por todo el terreno, obligándole a modificar sus planes continuamente. Junto con el electricista y el fontanero, tuvo que dedicar todo un día y parte de su noche a localizar los lugares más apropiados para colocar las tuberías que suministrarían el agua a las fuentes. Y cuando ese problema quedó solventado, Matilda se despertó con la noticia de que, a pesar de la minuciosa inspección que habían realizado, las hormigas se habían mudado desde el cenador a la parte trasera del vallado, que tendría que ser sustituido y reparado. Más contenedores tuvieron que ser contratados, otros problemas menores tuvieron que ser resueltos, y para cuando Matilda volvía a casa, sólo tenía fuerzas para calentarse algo de cenar y meterse en la cama, completamente exhausta.

A pesar de todo, y según se aproximaba el final

de la primera semana, aunque no se pudiera hablar de orden en el jardín, sí empezaba a parecer un caos controlado. Y por fin, una vez se instalaron las tuberías y el sistema eléctrico, algo parecido al jardín que Matilda tenía en mente empezó a emerger de lo que hasta entonces sólo había sido una masa informe.

—Debe de haber un topo que consume esteroides —bromeó Dante al ver los montículos de arena que se apilaban por toda la zona. Y Matilda sonrió por primera vez en varios días al verlo entrar con Alex en brazos una de aquellas tardes—. He oído que las cosas no han ido tal y como habías planeado.

—Al contrario —respondió Matilda—. Dentro de los planes siempre cabe algún desastre. Pero creo que ya lo hemos superado.

—¿Cenarás con nosotros?

—¿Con *nosotros*? —a Matilda le extrañó el plural, dado que Alex ya llevaba puesto el pijama y se iría pronto a la cama.

—Vienen Hugh y Katrina. Janet espera que le diga cuántos seremos.

—No, gracias —Matilda sacudió la cabeza, pero no dio ninguna excusa.

—Siento haber estado ausente —Dante se cambió a Alex de cadera—. La preparación del juicio me está llevando mucho tiempo; las cosas se han complicado...

—Dímelo a mí —Matilda puso los ojos en blanco y sonrió.

—Estoy seguro de que te aburriría —respondió Dante, interpretando las palabras de Matilda literalmente. Y lo curioso fue que la barrera lingüística, en lugar de causar un incómodo malentendido, abrió una puerta hacia una conversación más personal–. ¿De verdad te interesa?

–Mucho –replicó Matilda–. Puede que me cueste comprender, pero estoy muy interesada.

–Pero sabes que no puedo comentar el asunto con nadie.

–Sí. Además, no quedaría bien que el gran abogado hablara sobre su caso con la jardinera.

–No debo hablar con *nadie* –explicó Dante. Y al verle cerrar los ojos con expresión de agotamiento, Matilda le compadeció por el peso que cargaba sobre sus hombros.

–Lo sé –dijo con dulzura. Luego, esforzándose por sonar animada, añadió–: Pero he visto muchas películas de juicios, y sé que sí puedes hablar de ello en términos generales.

–Estás loca –Dante rió, y por una fracción de segundo, su rostro pareció liberarse de la tensión que reflejaba, pero de pronto sonó su teléfono.

Matilda le vio sacarlo del bolsillo mientras hacía equilibrios para sostener a Alex. Luego, vio la cara de concentración con la que escuchaba lo que le decían y que le daba la espalda, y dedujo que se trataba de una llamada importante. Así que reaccionó como lo hubiera hecho cualquiera: tendió los brazos a Alex y la tomó en brazos, sin tan siquiera darse cuenta de que Dante la miraba sorprendido mientras daba órdenes a su interlocutor.

–¡Se ha ido contigo!

Había pasado un cuarto de hora largo. Quince minutos durante los cuales Dante habló por teléfono, y Matilda, tras dejar a Alex en el suelo, recogió una margaritas y se puso a hacer una cadeneta mientras hablaba con ella aun sabiendo que no obtendría respuesta. Sin embargo, la niña parecía interesada y miraba fijamente las manos de Matilda, y no prestó atención a su padre cuando se arrodilló a su lado para contemplar, boquiabierto, una escena que, de haberse tratado de otra niña, habría sido de lo más normal.

–¿Disculpa? –preguntó Matilda, que estaba concentrada haciendo la cadeneta.

–Que Alex se ha ido contigo –dijo Dante con tono de incredulidad mientras observaba, perplejo, cómo Alex tomaba la cadeneta de manos de Matilda.

–Es que no doy tanto miedo como tú crees, Dante –sonrió ella.

–No lo comprendes. Alex no se va con nadie. Ya viste cómo reaccionó el otro día conmigo cuando intenté tomarla en brazos.

–Puede que esté más dispuesta a empezar a confiar en los demás… –Matilda miró a Dante por encima de la cabeza de Alex. Los dos sabían que no hablaba sólo de la niña–. Ahora que lo ha hecho una vez, puede que esté más dispuesta a hacerlo en otra ocasión –lo miró fijamente, y Dante le sostuvo la mirada durante unos segundos que parecieron siglos. Luego él alargó las manos hacia Alex, dispuesto a volver a casa y huir una vez más, pero Matilda lo detuvo–: Déjale jugar un rato. Está disfrutando con las flores –así era. Con sus pequeños deditos acariciaba los pétalos y los miraba atentamente. Parecía una

niña como otra cualquiera–. Háblame, Dante. Puede
que te sorprenda descubrir que puede servirte de
ayuda.

–Me cuesta creerlo.

–A mí no –dijo Matilda con firmeza.

Tras un prolongado silencio, habló él:

–¿Recuerdas lo que hablamos en el restaurante?
–Matilda percibió el esfuerzo que hacía para elegir
las palabras exactas–. ¿Recuerdas que me pregun-
taste si alguna vez me arrepentía de ganar y te dije
que no? –Matilda asintió–. Te mentí.

–Ya lo sé –dijo ella.

–No me refiero profesionalmente, claro –Dante
reflexionó–. Siempre que entro en la sala voy dispuesto a ganar, como es lógico. Pero hay ocasiones
en las que tengo cierto sentimiento de… –pareció
faltarle la palabra.

–¿Inquietud? –le ayudó Matilda.

–Exactamente. A veces me inquieta hacer tan
bien mi trabajo.

–Es comprensible –dijo Matilda, consciente de
que debía dejarle hablar si no quería que se cerrara
bruscamente en banda.

–Pero hay algo más –Dante la miró intensamente,
y ella le sostuvo la mirada–. Algunos casos son más
importantes que otros, te afectan más porque…

Matilda le observó tragar con dificultad, y adivinó
que Dante quería darle a entender que creía verdaderamente en la inocencia de su defendido y que por eso
aquel caso tenía una especial trascendencia para él.

–Ganarás –dijo ella vehementemente. Y él, tras
suspirar con resignación, se puso en pie para mar-

charse–. Siempre lo haces –añadió ella con el mismo énfasis–. Tu defendido no podría encontrar a un abogado mejor.

–Matilda –dijo Dante con una fría superioridad–, *no* estamos hablando de mi cliente. Además, no sabes de lo qué hablas.

–En eso te equivocas –los verdes ojos de Matilda se clavaron en los de Dante cuando éste se disponía a tomar a Alex en brazos.

–No sabes nada de leyes. No sabes nada de…

–Es posible –le interrumpió Matilda–. Pero tú mismo me has dicho de lo que eres capaz, de lo que puedes hacer aun cuando no creas… –hizo una pausa al recordar que debía cumplir las reglas y mantener la conversación a un nivel general–. Por ejemplo, si yo tuviera problemas... –sonrió con picardía–. Imagina que me pillaran robando chocolatinas. Si yo pudiera pagar tu minuta te contrataría. Querría entrar en el juzgado con el mejor defensor posible.

–La cuestión es si soy o no el mejor defensor para él –Dante se pasó la mano por el cabello. En aquella ocasión fue él quien olvidó que debían hablar genéricamente.

–Claro que sí –musitó Matilda–. Yo te contrataría porque eres el mejor. Pero si además supiera que tú confiabas en mi inocencia, me sentiría cien veces mejor –Dante frunció el ceño mientras reflexionaba, y Matilda suspiró, aliviada al ver que había comprendido lo que quería decirle–. Todo va a salir bien –añadió. Y Dante, en lugar de lanzarle uno de sus sarcásticos o arrogantes comentarios, le dedicó una mirada de agradecimiento.

—Es hora de ir a la cama, Alex —dijo Matilda al tiempo que alargaba los brazos hacia ella. Y aunque la niña no imitó su gesto, no ofreció resistencia cuando la tomó en brazos y acompañó a Dante hasta la verja.

—Le gustas —dijo él cuando tomó a la niña para marcharse.

—Es fácil encariñarse conmigo —bromeó Matilda.

—Muy fácil —dijo él. Y en aquella ocasión Matilda tuvo claro que no pretendía ser sarcástico ni hablaba con doble sentidos.

Mientras se alejaba, el eco de las palabras de Dante fue como una caricia para su agotado cuerpo.

Sin ninguna duda, era lo más bonito que le había dicho desde que se conocían.

Capítulo 8

PERDONA que te haya molestado.

—No pasa nada —Matilda se incorporó torpemente, un poco desorientada y terriblemente avergonzada de que Dante la encontrara acalorada y sucia, con unos pantalones cortos y una mínima camiseta, y echada sobre una manta con los ojos cerrados en mitad del día.

Era la última persona a la que esperaba ver. Llevaba un traje elegante, pero tenía el primer botón de la camisa desabrochado y el nudo de la corbata aflojado, lo que le daba un aspecto más relajado e informal de lo habitual. En la mano sostenía una bolsa de papel. Unas gafas de sol contribuían a que su expresión resultara tan inescrutable como de costumbre.

—Has trabajado mucho.

—Así es —asintió Matilda—. Si sigo a este ritmo, acabaré a tiempo —al ver que Dante arqueaba una ceja con escepticismo, Matilda añadió—: Tengo derecho a tomarme un descanso de vez en cuando.

—Yo no he dicho nada.

—Puede que no, pero lo has pensado. Para tu información, has de saber que llevo aquí desde el amanecer y que sólo he parado para tomar un café a las diez de la mañana.

—No tienes que darme explicaciones.

—Ya lo sé.

—Tú decides cómo organizarte. Lo que pasa... —Dante dejó la frase inconclusa, y a sus labios afloró una sonrisa que Matilda no había visto antes—. Creo que me he equivocado de trabajo. Para mí, trabajar significa tener reuniones interminables, constantes llamadas de teléfono y cosas así, mientras que las dos veces que he venido a verte te he encontrado o dándote una ducha improvisada o descansando —al ver que Matilda iba a protestar, añadió—: No te estoy criticando. Basta mirar para ver todo lo que has trabajado. Y por una vez no pretendía ser sarcástico. Honestamente, al verte echada he pensado que había elegido el trabajo equivocado.

—Y tienes razón —dijo Matilda, sorprendida de su amabilidad—. Pero debes saber que no estaba durmiendo.

—No intentes engañarme. Ni siquiera me has oído acercarme.

—Estaba meditando —al ver la cara de incredulidad de Dante, Matilda añadió—: Claro que te he oído, pero... —titubeó porque no estaba segura de cómo explicar a Dante lo que sucedía en los estados de profunda relajación mental.

—¿Pero?

—Pero no he prestado atención a ese pensamiento. Lo he dejado pasar.

—No comprendo. ¿De verdad quieres que crea que no dormías?

—Así es. Cuando trabajo suelo meditar. A menudo

es el momento en el que tengo las mejores ideas. Deberías intentarlo.

—Bastante me cuesta dormirme a la una de la madrugada como para intentarlo durante el día.

—Ésa es la cuestión —dijo Matilda en tono triunfal—. A veces, la mejor forma de encontrar una solución es dejar de buscarla.

—Es posible —Dante se encogió de hombros—. Pero por ahora voy a seguir con los métodos tradicionales. Venía a ver si querías comer algo —antes de que Matilda buscara una excusa para evitar decirle que no quería coincidir con Katrina, Dante alzó la bolsa de papel—. He traído hojaldres y sándwiches.

—¿De verdad?

—¿Por qué te sorprende tanto?

—No sé —Matilda empezaba a tener dolor de cuello de mirar hacia arriba. Se echó a un lado y dio una palmadita a la manta, a su lado, para que Dante se sentara—. ¿Cómo es que estás en casa a esta hora?

Dante se sentó, sacó un sándwich y se lo dio a Matilda.

—Llevo toda la mañana intentando leer un documento fundamental para el caso, sin éxito. Mi nueva secretaria todavía no ha aprendido que todo el mundo dice que tiene que hablar conmigo urgentemente, así que me pasa todas las llamadas en lugar de filtrarlas. Así que he decidido imitar tu método.

—¿Qué método? —Matilda lo miró, sorprendida.

—Apagar el teléfono y desaparecer. Katrina se ha llevado a Alex, así que he venido a trabajar a casa. Pero antes tenía que comer algo.

—No he oído el helicóptero.

—He venido en coche. Ha sido muy agradable —dijo Dante. Y comieron en un amigable silencio hasta que Matilda estuvo a punto de atragantarse cuando él comentó—: He estado pensando en ti.

—¿En mí?

—Y en cuánto me gusta charlar contigo —Dante se quitó las gafas. Parecía tan cómodo como siempre. Nada que ver con los nervios que Matilda sentía y que le hicieron enterrar los dedos de los pies entre el musgo—. Y tienes razón: hay que saber encontrar un momento para relajarse.

Relajada no era precisamente como Matilda no se sentía en aquel instante. Dante estaba tan cerca que le habría bastado inclinarse levemente para besarla. El deseo estalló en su interior, y miró hacia otro lado bruscamente para evitar que Dante lo atisbara en sus ojos. Bebió agua y se sopló el flequillo mientras se decía que no podía volver a humillarse ni a malinterpretar las señales que él le daba.

—Deberías probar a meditar para relajarte —dijo, controlando que su voz sonara lo más natural posible.

—No me serviría de nada.

—Si eso es lo que piensas, tienes razón —Matilda podía sentir el aire lleno de electricidad, y por un instante tuvo la tentación de decir lo que pensaba, pero sabía que, de hacerlo, estaría jugando con fuego—. Inténtalo —se obligó a mirarlo a los ojos—. ¿Por qué no te echas y lo intentas ahora mismo?

—¿Ahora? —Dante la miró con una picardía que Matilda tuvo que pasar por alto para seguir aparentando una calma que estaba lejos de sentir.

—Ahora —dijo con firmeza–. Échate.

Dante se tumbó con el cuerpo completamente rígido.

—Ahora, ¿qué? –preguntó, impaciente.

—Cierra los ojos y respira –ordenó Matilda mientras observaba su perfil y confirmaba una vez más que tenía las facciones de una escultura clásica: arco ciliar marcado, nariz aguileña, mandíbula fuerte. Sólo los labios carnosos suavizaban su rostro–. Tienes que relajarte –insistió Matilda al ver que los tenía apretados. Además, su voz sonaba tensa y algo ronca. También ella tenía que conseguir relajarse–. Utiliza los músculos del estómago. Toma aire por la nariz y expúlsalo por la boca.

—¿Qué? –Dante abrió un ojo.

—Respiración abdominal –explicó ella. Pero al ver que Dante fruncía el ceño con escepticismo, supo que estaba ante un incrédulo–. No tienes que mover el pecho. ¿Recuerdas cuando Alex era un bebé y la observabas dormir? –Dante esbozó una sonrisa y relajó el ceño–. Pues ésa es la idea. Los bebés saben relajarse instintivamente.

—¿Así? –preguntó Dante al tiempo que tomaba aire. Y Matilda observó que se le hinchaba el estómago, pero también el pecho.

—Casi. Voy a ayudarte. Empuja mi mano –se arrodilló al lado de Dante. Había enseñado a hacerlo a muchas de sus amistades, pero sus movimientos eran torpes y titubeantes porque sabía que en el caso de Dante, podían convertirse en una puerta abierta hacia un lugar al que era demasiado peligroso asomarse.

Fue a posar una mano sobre su estómago, pero acabó por desplazarla sobre su pecho. Sus dedos ansiaban retirarle la corbata y desabrocharle la camisa, pero apartó ese pensamiento y se concentró para que su voz transmitiera sus órdenes con calma y firmeza.

–Mi mano no debe moverse. Toma aire por la nariz, espira por la boca –lentamente deslizó la mano sobre su estómago, y todo su cuerpo se estremeció de deseo–. Empuja mi mano; luego, contén la respiración antes de espirar, e intenta dejar la mente en blanco.

Dante la obedeció durante un par de segundos, y Matilda lo sintió relajarse bajo su tacto, pero la tensión volvió a dominarlo de inmediato. Dante le retiró la mano y se giró para mirarla.

–Hazme una demostración.

–No quiero –Matilda sacudió la cabeza. Temía no lograrlo teniéndole a él tan cerca. Pero él insistió–. Si es tan sencillo, demuéstramelo.

Matilda se echó y cerró los ojos al tiempo que se ordenaba relajarse. Tomó aire, lo retuvo y lo dejó escapar muy lentamente, pero podía sentir los ojos de Dante clavados en ella. Y pasó lo más sorprendente. Su mente flotó hasta el lugar que solía visitar a menudo, pero recorrió un camino que no había visitado nunca. Con cada respiración su mente quedaba más en blanco, pero su deseo aumentaba. Visualizó las manos de Dante sobre su cuerpo mientras su cuerpo se hundía más y más contra la manta, y los músculos de su estómago se tensaba en anticipación al contacto que quizá no llegaría a producirse.

El aliento de Dante en su rostro la tomó desprevenida, y antes de que pudiera asimilar esa sensación, otra nueva la desconcertó aún más: los labios de Dante presionando tan suavemente los suyos que, de no haber sabido que era él, habría pensado que se trataba de una mariposa. Una sombra se proyectó sobre sus párpados al cubrir el sol la cabeza de Dante. Matilda mantuvo los ojos cerrados, aunque sabía que él esperaba recibir una señal de consentimiento. Y finalmente se la dio, entreabriendo los labios.

Dante respondió deslizando la lengua en su boca y jugueteando con la de ella, alternando la lentitud con la rapidez, la profundidad con las caricias de la punta de la lengua o con la suave succión de sus labios. Y para Matilda fue a un tiempo el beso más erótico que había recibido pero también el más frustrante, pues Dante seguía sin rozarle el resto del cuerpo. Sólo sus bocas se tocaban y Matilda se arqueó hacia él, dándole a entender, inconscientemente, que necesitaba más. Pero Dante siguió torturándola y tardó en posar la mano sobre ella.

Cuando lo hizo, en lugar de rodearle la cintura, tal y como Matilda esperaba, la dejó inmóvil entre sus muslos. Para ella fue como si pusiera en aquella parte tan íntima de su cuerpo un hierro al rojo vivo. Dante hundió los dedos en su delicada piel, y Matilda sintió que se le entrecortaba la respiración. Estaba a punto de movérsela a una zona menos inquietante y a empujarlo para que se separara de ella, cuando fue Dante el que se detuvo y, tras incorporarse sobre el codo, se quedó mirándola en silencio mientras ella, que se sentía vulnerable y frágil bajo su escrutinio, evitaba abrir los ojos.

–¿Qué más te hizo? –las palabras de Dante la desconcertaron. Quería sus caricias, no sus juegos psicológicos–. ¿De qué otra manera te hizo daño Edward?

–Ya te lo he contado –Matilda apretó los párpados, rogando que Dante la dejara sola. Estaba segura de que sabía que mentía.

–Yo creo que no –dijo él, al tiempo que le recorría el brazo dibujando círculos con el dedo, como si fuese la antena de su detector de mentiras–. ¿Se supone que tú tenías la culpa de *eso*?

–O al menos no era una ayuda –dijo Matilda con voz quebradiza. No podía soportar la idea de abrir los ojos y que Dante viera en ellos la vergüenza que sentía–. Según él, echaba de menos que me vistiera con más clase…

–¿Te hubiera deseado tal y como estás ahora? –interrumpió Dante, desconcertándola una vez más–. ¿Sin arreglar y con tu ropa de trabajo?

–¡Por supuesto que no! –Matilda fue a añadir algo, pero se contuvo. Su cuerpo seguía pulsante de deseo y empezaba a preguntarse si Dante no estaría riéndose de ella.

Abrió los ojos súbitamente para cerciorarse de que no era así. Dante le sujetó la muñeca y le llevó la mano hasta la entrepierna. Matilda hizo ademán de retirarla como si se hubiera abrasado al sentir la fuerza de la erección de Dante, pero él se la sujetó con firmeza hasta que el temor inicial de Matilda se transformó en la excitación que en realidad sentía.

–*Esto* es lo que me haces sentir, *mi cora*.

Matilda podía notar cómo el sexo de Dante se en-

durecía aún más bajo la palma de su mano y, en respuesta, sintió una humedad en la entrepierna que se
incrementó al sentir los dedos de Dante trepar lentamente por su vientre. Dejó escapar un leve murmullo de protesta, pero Dante la enmudeció con un
beso profundo y abrasador. Matilda sintió la yema
de sus dedos sobre su pezón mientras con la mano le
acariciaba el seno. Sólo entonces le liberó los labios.
De haber sido unos segundos antes, Matilda le habría suplicado que se detuviera.

Pero para entonces había perdido toda voluntad
propia y estaba a merced de lo que él quisiera hacer
con ella. Dante le mordisqueó el cuello al tiempo
que le ayudaba a quitarse la camiseta. En cuanto sus
senos quedaron al descubierto, Dante se agachó para
poder lamérselos y mordisqueárselos mientras sus
manos se deslizaban en el sentido contrario.

Matilda sintió contraerse los músculos de su
vientre cuando Dante le bajó la cremallera de los
pantalones y, por primera vez desde que empezaron
las caricias, Dante habló, y lo hizo con una voz tan
profunda y ronca que, en lugar de romper el hechizo,
lo intensificó.

—No te aferres a esos pensamientos, *bella*, deja
que pasen —susurró, repitiendo las palabras que ella
le había dedicado unos minutos antes, pero con un
significado completamente distintos.

Y Matilda lo intentó con todas sus fuerzas al tiempo que alzaba las caderas para que Dante pudiera
quitarle los pantalones y las bragas. Pero, al quedarse
desnuda, la invadió un sentimiento de vergüenza y,
en un acto reflejó, recogió las rodillas e hizo ademán

de taparse con la mano para ocultar su cuerpo de la mirada de Dante. Por un momento creyó que él actuaría como Edward y le retiraría la mano para volver a ponerla donde acababa de estar.

—No luches contra ti misma —fue lo que dijo Dante, intentando tranquilizarla con palabras en lugar de forzarla—. No pienses en el pasado, sino en esto.

Con una mano le acarició suavemente el estómago mientras con la otra le secaba las lágrimas que habían rodado por sus mejillas hacia su cuello. Besó y secó los surcos salados mientras presionaba su sexo endurecido contra su entrepierna como prueba de cuánto la deseaba. Poco a poco los sentimientos que habían angustiado a Matilda se fueron disipando, hasta que se entregó de nuevo plenamente a Dante y lo que estuviera dispuesto a darle o pedirle.

—Ahora voy a tocarte.

Ya la estaba tocando. Todo su cuerpo estaba en contacto con el de ella, y su aliento le acariciaba las mejillas, pero comprendió lo que Dante quería decir y le agradeció que la avisara. Cuando sus dedos alcanzaron su vello rizado y descendieron hacia su húmedo interior, Matilda se estremeció. Con delicadeza, él le mordisqueó el cuello al tiempo que, con una exquisita delicadeza, exploraba su interior con sus dedos haciendo pequeños círculos y presionando con suavidad. Matilda se sintió súbitamente asaltada por la duda y se tensó. ¿Y si no podía? ¿Y si le desilusionaba? Dante consiguió relajarla a base de caricias, ejerciendo algo más de fuerza y sustituyendo sus miedos por deseo mientras masajeaba con sus dedos y con la palma de su mano la cueva de su feminidad. Matilda abrió los ojos en una ocasión, ebria de lascivia, y dejó escapar un gemido con el que su cuerpo expresaba el fuego en el que ardía. Su mirada se encontró con el sonriente rostro de Dante, en el que no descubrió la menor traza de suficiencia, sino puro y simple deseo.

—Matilda —susurró él con voz jadeante.

Y ella se dio cuenta de que se había entregado a sus caricias sin molestarse en devolverlas y que él seguía igual de excitado con sólo tocarla. Con una osadía de la que no se hubiera creído capaz, forcejeó con el cinturón de sus pantalones para bajárselos junto con los calzoncillos de seda y contempló con lujuria su sexo firme y tenso, a punto de explotar. Aunque se tratara de una locura y pudiera llegar a arrepentirse, supo de inmediato que deseaba sentirlo dentro de ella, que anhelaba notar el peso de su cuerpo. Y cuando Dante la empujó hacia abajo y le entreabrió las piernas con la rodilla, creyó haber sido transportada al cielo. En cuanto sintió su sexo rozarla, abrió más las piernas para acomodarlo. Ya antes de que él la penetrara del todo, sintió todo su cuerpo convulsionarse mientras las paredes de su íntima cueva se ajustaban al sexo de Dante y le ayudaban a adentrarse hacia el fondo con cada contracción pélvica.

—¡Más!

Matilda abrió los ojos y observó a Dante mientras continuaba moviéndose en su interior. ¿Qué quería decir con «más»? Ella ya había llegado al clímax.

—¡Dame más, Matilda! —Dante empujó con fuerza y ella le imitó. Dante la aprisionó contra el suelo, meciéndose dentro de ella a más velocidad. El cuerpo de Matilda le pedía por un lado que reposara, que se recuperara del orgasmo. Por un segundo volvió a dudar de sí misma, de su capacidad de gustar a un hombre.

–Matilda –dijo él con la respiración entrecortada–. Déjate ir conmigo, no puedo aguantar más. ¿No ves lo que me haces?

Miró a Matilda fijamente, y al ver ésta en su rostro que no podía mantener el control, su cuerpo, que hasta ese instante le suplicaba que le dejara recuperarse, volvió a la vida y estalló de nuevo en deseo. Entrelazó las piernas alrededor de la cintura de Dante y lo atrajo con fuerza mientras hundía los dedos en sus nalgas. En aquel instante Matilda descubrió que era la primera vez en su vida que se dejaba llevar plenamente y que acababa de llegar con Dante a un lugar que jamás había visitado con anterioridad.

–¡Eres maravillosa, *bella*! –dijo él repetidamente con la respiración entrecortada.

Y Matilda se sintió poderosa y sexy.

–Dante, Dante –musitó ella a su vez al tiempo que le alzaba la camisa y le besaba y mordisqueaba el pecho.

–¡Qué cosas me haces, cariño! –masculló él.

Matilda se sentía irresistible e impúdica, y al sentir el néctar de Dante esparcirse por su interior, sus músculos internos se contrajeron como si, avariciosos, no quisieran dejar escapar ni una gota, y todo su cuerpo se convulsionó en un último espasmo mientras Dante todavía se movía en su interior, aunque cada vez más lentamente, hasta que colapsó, saciado y exhausto. Rodando hacia un lado, atrajo a Matilda con su brazo contra su costado.

—Eres maravillosa —dijo Dante. Se aclaró la voz—. Lo que he dicho antes, Matilda… Perdona, quizá he ido demasiado lejos…

—Puede que necesitara oírlo —Matilda sonrió—. Creo que es de las cosas más agradables que me han dicho.

Dante dejó escapar una sonora carcajada, y Matilda tuvo la sensación de estar frente a un hombre distinto, un hombre del que quería saber más. Dante deslizó la mano por su cuerpo desnudo, y Matilda, estremeciéndose de placer, se maravilló de sentirse tan bien desnuda, a pleno día y con aquel nuevo sentimiento de seguridad en sí misma.

—Ya sabemos cuál es la respuesta a tu pregunta —dijo él.

—¿Qué pregunta?

Dante la besó con mucha delicadeza antes de contestar.

—Era Edward, y no tú, quien tenía un problema —dijo, besándole la punta de la nariz.

—O quizá tú seas un amante increíble.

—Eso también —Dante sonrió—. A veces la gente dice durante una pelea cosas que no siente.

Matilda lo miró unos instantes en silencio.

—Es posible —dijo con ternura—, pero a veces dicen lo que hasta entonces no se atrevían a decir.

Matilda sintió que el rostro de Dante se ensombrecía y su cuerpo se tensaba, pero no supo si se debía a lo que acababa de decir o a que también él había oído las ruedas de un coche en la gravilla del camino de acceso a la casa. Los dos se pusieron de pie de un salto. Matilda se vistió y él se subió los pantalones.

—¡Dante! —la aguda voz de Katrina cortó el aire.

Matilda se puso las botas y consiguió cerrarse el pantalón justo a tiempo de que le llegara el ruido de la verja al abrirse y el rumor de pasos aproximarse.

Ni siquiera se molestó en mirar cuando Katrina, ignorándola por completo, se dirigió a Dante.

—He visto tu coche, ¿qué haces en casa a estas horas?

—Tengo que leer unos documentos —se limitó a decir Dante, pero al ver que Katrina no parecía satisfecha, añadió—: He decidido venir a ver cómo iba el jardín antes de encerrarme para el resto de la tarde. ¿Dónde está Alex?

Katrina miró alternativamente a Dante y a Matilda con suspicacia.

—Dormida en el coche —dijo finalmente—. Iba a llevarla a la cama.

—Te ayudaré —se ofreció Dante. Pero Katrina ya se había marchado sin volver la mirada. Matilda se quedó mirándole la espalda con las mejillas encendidas. Luego, se volvió a Dante.

—¿Crees que lo ha adivinado?

—Claro que no —Dante sacudió la cabeza, pero no parecía tan seguro como pretendía, y Matilda tuvo la impresión de que la intromisión de Katrina no sólo había interrumpido su momento de intimidad, sino que lo había borrado por completo—. ¿Por qué demonios iba a pensar que había algo entre nosotros?

Matilda no supo decidir si trataba de tranquilizarla o si la trataba despectivamente, pero le costó reconocer en él al hombre con el que acababa de estar.
Toda dulzura y complicidad había desaparecido para
ser reemplazada por la fría distancia con la que solía
relacionarse con el mundo exterior.

–Quizá haya adivinado que acabamos de hacer el
amor –los ojos de Matilda se llenaron de lágrimas.
Quería que Dante se retractara, que se diera cuenta
de la brutalidad con la que acababa de hablarle y se
disculpara. Pero Dante la miró fijamente en silencio,
como si se resistiese a devolver dignidad a sus humi-
llantes palabras–. Puede que haya notado que estos
últimos días hemos intimado...

–No –el monosílabo fue más doloroso que una
explicación. La negación la rebajaba aún más de lo
que Matilda creía posible.

–¿Y qué es lo que acaba de suceder? –Matilda señaló con el brazo el lugar en el que habían yacido,
donde Dante le había hecho el amor. Se preparó para
oír la confirmación de sus peores sospechas–. ¿Qué
acaba de suceder, Dante?

–Sexo –Dante la miró con severidad, retándola a
contradecirlo. Sus labios se apretaron en una fina línea al ver que Matilda sacudía la cabeza y se negaba
a aceptar su versión de los hechos.

. –Ha sido algo más, y tú lo sabes –dijo Matilda con
voz ronca. Ella había visto otra faceta de Dante apenas hacía unos segundos, y no estaba dispuesta a olvi-
darla–. Dante, por favor, no me hagas esto... Matilda
alargó la mano hacia él, pero Dante retiró el brazo
como si fuera contagiosa o como si le diera asco.

—Está bien: *buen* sexo —fue todo lo que Dante estuvo dispuesto a ceder. Y Matilda tuvo que tragar la bilis que le produjeron aquellas palabras envenenadas.

Fue ella quien en aquel instante erigió una muralla a su alrededor para impedir que aquel hombre pudiera aproximársele.

—No, Dante, no ha sido sólo eso —no estaba dispuesta a mentir ni a negar lo que sentía. Lo miró fijamente a los ojos, y dijo toda la verdad—: El buen sexo no es sólo lo que pasa en el instante, Dante, sino cómo te sientes después. Y en este momento me siento peor que nunca —Matilda tuvo la certeza de que si no decía todo lo que pensaba, lo cobijaría y crecería en su interior hasta enfermarla, así que continuó sin tan siquiera importarle si él le prestaba atención o no—: No sé cuál es tu problema, no sé qué te lleva a cerrarte a algo que podía haber sido maravilloso. Puede que te guste justificarlo diciendo que no soy lo bastante sofisticada para jugar de acuerdo a tus reglas, o que no le llego a tu mujer a la suela de los zapatos, pero tendrás que resolverlo tú solo. Para serte sincera, a mí me da lo mismo.

Dante se limitó a pestañear, pero Matilda supo que lo había desconcertado, que aunque estuviera encerrado en sí mismo, parte de lo que acababa de decir había hecho mella en él. Por eso se sintió capaz de seguir adelante.

—No tienes ni idea de cuánto me arrepiento de haber tenido *sexo* contigo, Dante, pero quiero aclararte una cosa: puede que yo haya perdido parte de mi orgullo, pero tú has perdido infinitamente más –comenzó a caminar hacia la casa. No estaba dispuesta a llorar, así que concluyó gritándole por encima del hombro–: ¡Me has perdido a mí!

Capítulo 9

LA CRUEL frialdad de Dante facilitó a Matilda una decisión que de otra manera se le hubiera hecho insoportable: tenía que alejarse de él. No podía seguir compartiendo su casa y parte de su vida y ser excluida de ella cada vez que Dante temía haber bajado la guardia y mostrarse vulnerable. Era una tortura que Matilda no estaba dispuesta a soportar, y la ira del momento le dio fuerza para llamar a todos sus amigos y colegas y pedirles que le ayudaran a concluir el trabajo al que se había comprometido antes de marcharse de allí para siempre.

Fueron los días más agotadores de su vida. Sin preocuparse por el coste, que pensaba pasar a la factura que pagaría Dante, alquiló grandes focos para poder trabajar hasta bien entrada la noche. Y cuando llegaba a la cama, estaba tan agotada que ni siquiera tenía tiempo de pensar. Sólo podía caer en un sueño profundo con el que recuperar la suficiente energía como para empezar de nuevo al día siguiente.

–Has conseguido lo imposible –dijo Hugh la tarde del sábado, cálida y bochornosa, mientras le servía una copa de champán que había llevado con él desde el porche, donde la familia había disfrutado de una placentera comida.

Contemplaba el jardín con admiración. Estaba prácticamente terminado: la bella durmiente había emergido de entre las zarzas, convirtiéndose en el paraíso de cualquier niño. Un laberinto de arbustos con diferentes salidas rodeaban al sauce, del que pendían miles de lucecitas. Parecía una estampa de cuento.

—¿Qué te parece, Katrina?

—Muy bonito —respondió la aludida, con una indiferencia que ya no ofendía a Matilda. Lo único que le importaba a aquellas alturas era saber que en menos de doce horas estaría fuera de aquella casa—. Pero lo que cuenta es la opinión de Alex.

En aquel preciso momento, se abrió la verja y apareció Dante, al que Matilda no se había molestado en dirigir ni la mirada en las pocas ocasiones en que habían coincidido. En cambio, sí prestó atención a Alex, que caminaba torpemente de la mano de su padre. Estaba adorable con un pijama de algodón y unas zapatillas que imitaban gatitos. Y a pesar de lo exhausta que Matilda se sentía, la reacción de la niña le hizo olvidarlo todo. Su mirada, siempre ausente, cobró vida. Alex pestañeó y miró a su alrededor, maravillada, y una sonrisa iluminó su rostro cuando Matilda dio a un botón y las fuentes se pusieron en marcha. La tímida exclamación de sorpresa de la niña, caldeó el corazón de Matilda como si el sol acabara de asomarse tras una tormenta. La niña se quedó parada unos instantes antes de echar a correr, algo que en cualquier otro niño hubiera sido normal, pero que, en su caso, representaba todo un acontecimiento.

—Creo que le gusta —Matilda perdonó el inexpresivo comentario de Hugh al ver que sus mejillas estaban humedecidas por lágrimas de emoción.

Por su parte, Matilda sintió que todos los sufrimientos de los días precedentes habían valido la pena si con ello había contribuido a que aquella niña, distante y encerrada en sí misma, emergiera de su caparazón aunque sólo fuera temporalmente. Que el diseño que había visualizado fuera del gusto de aquella niña atormentada y perdida le produjo un profundo sentimiento de bienestar. Y al ver el jardín a través de los ojos de la niña, recuperó de golpe la alegría que había perdido durante los últimos días.

—¡Mira! —dijo a Alex en un susurro lleno de entusiasmo, al tiempo que se agachaba para ponerse a su altura y le tomaba la mano para servirle de guía, mientras Katrina y Hugh hacían su propia inspección—. ¡Mira lo que hay aquí! —abrió las ramas del sauce llorón y entró con ella en el círculo que formaban la copa y las ramas al rozar el suelo.

Las luces iluminaban mágicamente aquel oasis esmeralda, creando un jardín encantado dentro del jardín, un espacio para Alex.

El hechizo se rompió súbitamente cuando se separaron unas ramas y apareció Dante.

—Puedes grabar cosas en el tronco —dijo Matilda mecánicamente, dirigiéndose a él en tono impersonal—. O colgar espejos, o dibujos. Podríais traer una manta y una cuna para las muñecas de Alex…

—Le encanta —le interrumpió Dante con la voz teñida de una inusitada emoción mientras se sentaba en la hierba y contemplaba a su hija alzar los bracitos hacia las luces y mover los dedos como si quisiera alcanzarlas–. Es la primera vez que la veo feliz en mucho tiempo.

–No está mal para ser un *stupido* jardín, ¿no te parece? –dijo Matilda sin ocultar la amargura que sentía por cómo la había tratado Dante. Pero como Alex estaba presente, decidió tragarse el rencor y darle las instrucciones que precisaría seguir cuando ella se marchara–. Sólo me queda acabar algunos detalles. Me marcharé hacia el mediodía.

–¿Al mediodía? –Dante sonó sorprendido.

–Como supongo que no te veré –continuó ella sin darle más explicaciones–, dejaré escritas las recomendaciones para el jardinero. Debes saber que el jardín mejorará con el tiempo, y que uno de sus encantos será ver cómo se transforma. He esparcido semillas silvestres en los senderos de las que brotarán margaritas, dientes de león y tréboles, así que no conviene que cortéis la hierba con excesiva frecuencia…

–¿Matilda?

–No hay terminaciones afiladas –Matilda continuó con su retahíla, consciente de que no vería madurar su proyecto–. No hay plantas que puedan hacer daño, ni espinas que puedan arañar. Alex no correrá ningún peligro. Este jardín será aquello que tú decidas. Puedes recoger hojas de caléndula con Alex para añadirlas a la ensalada…

–Matilda, tenemos que hablar.

Dante alargó la mano, pero Matilda retiró la suya

bruscamente. Tenía que mantener su dignidad intacta. Aun así, no pudo reprimir la tentación de mirarlo por la que podía ser la última vez. Sus últimas instrucciones estuvieron cargadas de dobles sentidos, y por la expresión del rostro de Dante al oírlas, supo que entendía todas y cada una de ellas.

—No, Dante, *tú* tienes que escuchar. Puede que este jardín te parezca precioso ahora, pero mañana, cuando haya recogido y me haya marchado, volverás a verlo y verás los primeros fallos. Mañana, a la cruda luz del día, te preguntarás por qué demonios habrás pagado tanto dinero por él, porque no habrá luces, y los arbustos te parecerán más pequeños, y verás los palos que sujetan a las plantas…

—Me seguirá pareciendo precioso —la interrumpió Dante—, porque ya me ha proporcionado más placer del que jamás hubiera imaginado —y miró a su hija, que seguía fascinada con las luces, pero también a Matilda, para darle a entender que se refería a ellos dos—. De acuerdo, puede que lleve un poco de tiempo acostumbrarse a él, pero ahora comprendo que, a la larga, vale la pena… —Matilda lo miró firmante y tragó saliva. Él siguió—: Que si lo atiendo, lo cuido y lo alimento… me compensará con creces.

—Lo hubiera hecho —dijo Matilda quedamente. Y, viendo el gesto de pesar de Dante, agradeció que Katrina y Hugh interrumpieran la escena al adentrarse en la cueva esmeralda, pero fuera lo que fuera lo que Dante quería decirle, no era suficiente y llegaba demasiado tarde.

—Ven a tomar una copa con nosotros —la invitó Hugh—. Dante va a acostar a Alex en seguida.

–Todavía tengo mucho que hacer –Matilda sonrió–. Gracias por la oferta.

–Puede que tengamos que quedarnos a pasar la noche –Katrina hizo una fingida mueca de contrariedad–. Creo que Hugh ha tomado alguna copa de más.

–Sólo he tomado una –protestó él, pero era evidente que Katrina ya había tomado una decisión.

Matilda estuvo tentada de decirle que no era necesario, que no temiera por la seguridad de Dante, pero en lugar de hacerlo, dio las buenas noches y fue a recoger sus herramientas.

–Debes darte prisa –Dante alzó la voz para que le oyera–. Está a punto de estallar una tormenta.

Matilda no se molestó en contestar. Sólo pudo respirar tranquila cuando oyó la verja cerrarse y se quedó sola en el jardín.

A pesar de estar exhausta tras una jornada de trabajo de dieciséis horas, Matilda no pudo conciliar el sueño cuando por fin se metió en la cama. Echada en la oscuridad, contempló la bahía y las negras nubes que parecían un reflejo de su sombrío estado de ánimo. Desde el jardín le llegaba el rumor de una conversación. Destacaba la voz de Katrina y sus constantes referencias a la maravillosa Jasmine.

Matilda no podía parar de repetirse las palabras de Dante. Su rostro sincero mientras le había hablado no abandonaba su mente. Y estaba segura de que, de haber dejado que Dante la tocara, le habría perdonado.

Un sollozo atravesó el corredor hasta su dormitorio, y Matilda aguzó el oído. Era Alex. Su primer instinto fue levantarse, pero se contuvo al darse cuenta de que Dante la escucharía por el receptor. Prestó atención para cerciorarse de que oía pisadas, pero sólo escuchó los sollozos, cada vez más nítidos y angustiados, de la niña. Matilda cerró los ojos y se tapó los oídos, diciéndose que no debía meterse donde no le llamaban y rezando para que alguien acudiera lo antes posible.

—¡Mamá!

La aterrorizada voz de Alex hizo que Matilda se incorporara de un salto. Su corazón no aguantaba más ser testigo de aquel padecimiento. Y aunque lo sensato hubiera sido ir a avisar a Dante, al oír que los gritos se intensificaban, fue de puntillas hasta el dormitorio de la niña sin tan siquiera ponerse una bata sobre el camisón. Abrió la puerta de Alex y la llamó por su nombre en la oscuridad, luego la tomó en brazos y le susurró palabras de sosiego. La niña, sin dejar de sollozar, hizo ademán de pegarle. Matilda, en lugar de apartarle las manos, le tomó una y se la llevó al rostro mientras repetía una y otra vez que no tenía de qué preocuparse, que todo estaba bien.

Finalmente, Alex empezó a relajarse, y se dejó acunar en brazos e Matilda.

—¿Qué ha pasado?

Matilda estaba tan concentrada en Alex que no había oído entrar a Dante. Para no alterar a la niña, habló en un susurro:

—Estaba gritando. Iba a avisarte, pero… —no supo cómo decir que había sentido la necesidad imperiosa de consolarla ella misma–. Creía que la oirías por el receptor.

–No funciona. Creo que la tormenta produce interferencias.

Dante había llegado a su altura, y Matilda asumió que tomaría a Alex en brazos, pero estaba equivocada. Se limitó a contemplar a su hija y acariciarle la sudorosa frente.

–Estaba realmente alterada –comentó antes de mirar a Matilda–. Y has conseguido calmarla.

–La he estrechado en mis brazos y le he hablado, tal y como te he visto hacer a ti.

–Nadie lo consigue normalmente –Dante parecía perplejo–. Sólo yo y, ocasionalmente, Katrina.

Permanecieron en un silencio sólo perturbado por los sollozos cada vez más ahogados de Alex, hasta que por fin enmudeció.

–Creo que se ha quedado dormida –musitó Matilda, dejando a la niña en su cuna cuidadosamente.

–Hace calor –comentó Dante. Entornó la ventana, y el perfume de jazmín inundó la habitación.

Matilda dio un paso atrás para darle acceso a la cuna, y creyó que el corazón le estallaría cuando Dante se inclinó, besó a la niña en la frente y la arropó. Incapaz de soportar aquella escena ni un minuto más, fue hacia la puerta con los ojos llenos de lágrimas.

–Matilda –Dante la detuvo, poniéndole las manos sobre los hombros.

–Suéltame –le rogó Matilda. Sabía que iba a disculparse una vez más, y le aterrorizaba no ser capaz de resistirse–. Déjame en paz, Dante.

—No puedo.

Matilda se sacudió sus manos de encima y se volvió hacia él con la mirada encendida de rabia. Por respeto a Alex, controló el volumen de su voz.

—¿Por qué yo? —las lágrimas rodaron por sus mejillas—. ¿Por qué me has elegido a mí cuando podías haber tenido cualquier otra mujer? —abrió los ojos, horrorizada al oír la voz de Hugh y Katrina al pie de la escalera.

Dante reaccionó como un rayo, le tomó la mano y, abriendo una puerta, le obligó a entrar. Matilda creyó haber pasado de la desesperación al mismísimo infierno al reconocer el dormitorio de Dante. Cerró los puños y le golpeó el pecho.

—Sabías cuánto iba a sufrir, sabías que me harías daño. ¿Por qué lo has hecho? ¿Por qué?

—Shh —Dante la miró con severidad. Las voces se oían más cerca, pero Matilda estaba fuera de sí.

—¿Temes lo que Katrina pueda decir?

No pudo continuar. Dante, que le sujetaba las manos, la obligó a callar de la única manera que pudo: besándola. Ella se resistió, apretó los labios con fuerza, evitando respirar para no dejarse tentar por el olor de su piel o el sabor de su boca.

—Buenas noches, Dante.

La voz de Katrina les llegó desde el corredor. Dante miró a Matilda con expresión suplicante, retiró sus labios y contestó:

—Buena noches, Katrina —y pasaron unos segundos de tensión hasta que se oyó la puerta del dormitorio de Katrina y Hugh cerrarse. Sólo entonces Dante dio una explicación que consideraba necesaria–. No tengo por qué dar explicaciones a Katrina, pero debo respetarla, Matilda. Es la madre de mi esposa y la abuela de mi hija. No pienso sorprenderla con una relación sin haberle avisado antes.

–¿Qué relación? –dijo Matilda despectivamente–. Para mí el sexo sin ataduras no significa nada, Dante.

–Tampoco para mí –dijo él con dulzura–. Al menos desde que te conozco.

Ya no sujetaba las manos de Matilda, pero le clavaba la mirada con una intensidad que la dejó igualmente paralizada. Ella abrió los ojos con perplejidad, convencida de que había oído mal. Bajó la vista para no creer lo que sólo podía causarle dolor, para evitar que Dante volviera a romperle el corazón. Pero él le tomó la barbilla y la obligó a mirarlo mientras con el pulgar le secaba las lágrimas.

–Una mujer que se metió conmigo en el ascensor y que desde entonces forma parte de mi vida. Fui yo quien quiso verte de nuevo. Hugh me sugirió que cancelara la cena, pero yo insistí en mantenerla –Matilda, precavida, seguía sin dar crédito a lo que oía, pero la esperanza fue abriéndose un hueco en su corazón–. Necesitaba besarte. Me convencí de que una vez lo hiciera, se me pasaría el capricho, pero no fue así… –Dante sacudió la cabeza, acompañando su desconcierto–. Eres como una droga: necesito más. Después de hacer el amor, volví a decirme que se me pasaría, que cuando acabaras el jardín también acabaría lo nuestro. No quiero sentir lo que siento, Matilda.

–¿Por qué? ¿Por Jasmine?

Una sombra de dolor cruzó el rostro de Dante, y Matilda se arrepintió de haber mencionado a su mujer, pero por otro lado sabía que, sólo si se enfrentaban al pasado, podrían soñar con un futuro juntos. Dante sacudió la cabeza casi al instante.

–Es Alex quien me preocupa. Ella debe ser lo más importante…

–Y lo será –Matilda suspiró, convencida de que eso no era todo, de que Dante guardaba algo para sí que no quería compartir con ella.

Pero cuando él la estrechó en sus brazos, no ofreció resistencia y prefirió creer que podía haber un futuro para ambos y que, con tiempo y comprensión, ella lograría curar la fuente de su dolor.

Con una de sus manos, Dante dibujó lentos y sensuales círculos en la parte de atrás de su cuello con los que la relajó y al mismo tiempo la llenó de tensión erótica. Matilda podía oír el latido del corazón de Dante y aspirar su personal aroma. Él le besó el cuello y deslizó los labios hacia su hombro. Le mordisqueó el tirante del camisón y humedeció su ardiente piel con su lengua. Luego, lentamente, le bajó el tirante y, sujetándola por las caderas, le ayudó a dar un paso para salir del camisón. Matilda lo miró con nerviosismo, sintiéndose insegura en sus braguitas de seda rosa. Pero al oír el ronco gemido de deseo que escapó de la garganta de Dante, toda inseguridad desapareció, y su cuerpo se llenó de electricidad.

Sin soltarle las caderas, Dante se arrodilló y le acarició el vientre con besos de una excitante delicadeza. Matilda podía sentir su lengua en la piel, y los músculos se le contrajeron cuando Dante metió una mano entre sus piernas a la vez que la besaba cada vez más abajo. Podía sentir el calor de su mano a través de la fresca seda, la lengua de Dante y sus labios volviéndola loca de deseo, y anheló que Dante le rompiera las bragas y la liberara de la tensión sexual que sentía acumularse en su interior. De su seca garganta escaparon unos gemidos entrecortados. Hundió los dedos en el cabello de Dante mientras él continuaba provocándola, mordisqueando la seda de sus braguitas, humedeciéndola con su lengua. Y Matilda quería más y más.

De pronto se dio cuenta de que, a pesar de que habían hecho el amor, no había visto desnudo a Dante, y sintió una acuciante necesidad de hacerlo. Se apartó unos centímetros, y él, mirándola con expresión inquisitiva, se puso en pie. Con dedos, primero temblorosos y luego decididos gracias a la osadía que despertaba en ella el deseo, le desabrochó la camisa. Frotó sus pezones con frenesí contra el torso desnudo de Dante al tiempo que le abría los pantalones. Él le ayudó con el resto.

Matilda nunca había visto a un hombre tan hermoso. Su piel cetrina contrastaba dramáticamente con la palidez de ella. Un vello oscuro cubría su musculoso pecho, concentrándose en la parte baja hasta alcanzar su sexo.

El tamaño de su erección asustó y al mismo tiempo llenó de placer anticipado a Matilda. Su sexo, orgulloso y airado, reclamaba su atención. Dante la tomó por la cintura y la acercó a la cama. Una vez echados, de frente, Matilda tomó su miembro con la mano, maravillándose de su firmeza y del contraste de ésta con la delicadeza aterciopelada de la piel que cubría su acero. Primero tímidamente, luego con más firmeza, lo acarició hasta que la respiración entrecortada de Dante le indicó que estaba haciéndolo bien. Con su otra mano, dejándose llevar por la audacia, sujetó su escroto con firmeza. Dante agachó la cabeza y le mordisqueó los senos. Matilda contuvo el aliento al sentir que su sexo se endurecía aún más.

—Cuidado —Dante le sujetó la muñeca y le acarició las braguitas con el extremo de su miembro.

Luego le acarició con los dedos por debajo de la tela, apartó sus íntimos labios y entró en su cueva, sin dejar de acariciarle el exterior con su miembro hasta que Matilda se revolvió frenéticamente, con el cuello arqueado hacia atrás y el cuerpo en tensión.

Dante había alcanzado el mismo grado de excitación. Matilda lo supo cuando sintió que le rasgaba las bragas y la penetraba de un solo movimiento, meciéndose adelante y atrás con fuerza, llevándola al clímax mientras que él lograba contener el suyo y daba tiempo a que sus cuerpos se acoplasen aún más íntimamente. Matilda sintió el eco de su orgasmo repetirse como ondas en un estanque. Dante la sujetó por las nalgas con fuerza y le lamió el cuello y los senos, volviendo a despertar su cuerpo a una excitación insoportable mientras él aceleraba sus movimientos y ella se acompasaba a su rítmico y frenético vaivén hasta alcanzar otro orgasmo con él.

Dante estalló en su interior, y Matilda gritó su nombre. Nunca había llegado a sentir nada parecido.

Pero aún mayor que el placer del sexo, fue el de sentir sus brazos rodearla y a Dante arrebujarse contra su espalda. Nada podía compararse a la dicha de estar pegada a él, de sentir su mano sobre su vientre, su respiración contra su cuello. La dicha de compartir con él la cama.

Y saber que el día siguiente llegaría cargado de esperanza.

Capítulo 10

¡DANTE! –susurró Matilda al oír que se abría la puerta.

Una silueta menuda, rígida, se recortaba en el umbral. Matilda, consciente de que Alex no debía verla, se revolvió en los brazos de Dante, deslizándose hacia abajo para ocultarse entre las sábanas al tiempo que lo despertaba.

Se mordió el labio y aguzó el oído.

–¡Alex, cariño! –Matilda notó que Dante se levantaba, y oyó sus pisadas aproximándose a la puerta–. ¿Qué te ha despertado?

Puesto que se trataba de Alex, no hubo respuesta. Matilda escuchó las palabras de consuelo de Dante mientras tomaba en brazos a la niña y la llevaba a su dormitorio. Matilda esperó unos minutos antes de levantarse, ir al cuarto de baño y ponerse un albornoz. Luego, volvió al dormitorio y se sentó a esperar a Dante. A pesar de que hacía una noche muy calurosa, no dejaba de temblar.

–¿Está bien? –preguntó con los ojos muy abiertos cuando entró Dante–. No creo que me haya visto. Está demasiado oscuro. En cuanto he oído abrirse la puerta…

–Está muy bien –la tranquilizó Dante–. Le he

dado un poco de agua y se ha quedado dormida. No sé qué le pasa –se sentó al lado de Matilda y le pasó el brazo por los hombros, pero ella supo que estaba ausente, que le preocupaba que Alex los hubiera visto juntos.

–No creo que me haya visto. He podido darme cuenta de que era ella porque la luz del pasillo está encendida. En cuanto he oído algo, me he escondido bajo las sábanas.

–No parecía intranquila –comentó Dante, pasándose la mano por el pelo con cara de preocupación–. Debía de tener sed.

En ese momento, Matilda lo vio como el padre que era y que siempre sería, y no como su amante.

–Será mejor que vuelva a mi dormitorio –musitó.

–No –Dante sacudió la cabeza al tiempo que alargaba la mano para sujetarla. Pero Matilda se la tomó entre las suyas. Por más que deseara quedarse y que fuera evidente que Dante no quería que se marchara, tenía la certeza que era lo que debía hacer.

–Dante, no pasa nada. Nos va a resultar imposible por temor a que Alex vuelva. Es mejor que vaya a mi dormitorio.

–¿Estás segura de que no te importa?

–Claro que no –dijo Matilda con dulzura al tiempo que le acariciaba la mejilla. Aunque ansiaba dormir con Dante y despertar a su lado, también sabía que algunas cosas tenían prioridad, que no podía ser egoísta–. Tienes que estar pendiente de Alex –besó a Dante, y cuando él la abrazó, percibió la tensión que lo dominaba. También él se debatía entre el deber y el deseo.

Precisamente por eso, ella debía ayudarle a tomar la decisión.

Y ése fue su gran consuelo cuando se metió sola en su cama, todavía envuelta en el albornoz de Dante, con la huella de sus caricias todavía sobre su piel y la entrepierna húmeda con su néctar. Acababa de actuar con una gran madurez.

Una madurez que sólo podía tener un origen: el amor.

—¡Dante!

El grito desgarrado despertó a Matilda. Intentó poner en orden sus pensamientos y los acontecimientos de la noche anterior.

—¿Dónde está?

Matilda se levantó precipitadamente con el corazón palpitante al oír la desesperación en la voz de Katrina, y esperó la respuesta de Dante, ansiosa, confiando en que dijera que Alex estaba con él en la cama.

Pero al abrir la puerta del dormitorio y ver la cara pálida y angustiada de Dante mientras recorría el corredor, llamando a su hija con el terror reflejado en los ojos, se le formó un nudo en el estómago.

—¡No podemos encontrar a Alex! —explicó a Matilda al verla asomarse.

Se miraron unos segundos en silencio. De pronto, los dos gritaron al unísono:

—¡La piscina!

Bajaron las escaleras de dos en dos, de tres en tres. Matilda intentaba tranquilizarse, se decía que la piscina estaba vallada, que Dante siempre tomaba la precaución de cerrar la cancela. Dante le tomó ventaja. Cuando llegó junto a él, suspiró aliviada, pero por poco tiempo. La bahía lanzaba destellos; ante sus ojos se abría un inmenso mar a apenas unos metros de distancia. Y había una niña que no aparecía por ningún sitio.

—Llama a la policía —dijo Dante con una calma que contradecía el rictus de sus labios—. Diles que avisen a los guardacostas.

—¡Anoche estaba perfectamente! —la aguda voz de Katrina atravesó los oídos de Matilda.

La policía había llegado hacía rato, se oía de fondo el ruido distorsionado de sus radios y los oficiales entrevistaban a todos los ocupantes de la casa e inspeccionaban el jardín. Se trataba de una frenética carrera contra el tiempo.

Matilda miró a Dante, que acababa de volver de la playa por requerimiento de la policía, y al ver su rostro desencajado tuvo el impulso de acudir a él y consolarlo, pero se reprimió.

—Me asomé a ver cómo estaba antes de ir a la cama —decía en aquel momento Katrina.

—¿A qué hora? —un oficial extremadamente joven conducía los interrogatorios mientras otro tomaba notas.

—Serían las once, o tal vez las doce —respondió Katrina—. Dante ya se había acostado.

—¿Fue usted la última persona que la vio?

—No —intervino Dante—. Fui yo —Matilda contuvo

la respiración preguntándose si contaría todos los detalles–. Cuando subí estaba inquieta, pero acabó por dormirse. Katrina debió de verla hacia esa hora. Sin embargo, un par de horas más tarde vino a mi dormitorio.

–¿Se bajó de la cuna sola?

–Últimamente suele hacerlo –dijo Dante, pasándose los dedos por el cabello. Matilda ansió poder acariciarlo, pero permaneció sentada, inmóvil–. Parecía tener sed, así que le di agua y la acuné un rato.

–¿Estaba disgustada?

–No –Dante sacudió la cabeza. Su rostro se contrajo en una mueca de concentración mientras intentaba recordar cada detalle de la noche anterior–. Al menos no lo creo.

–¿No lo cree? –le presionó el policía. Y Matilda hubiera deseado abofetearlo pero su insensibilidad.

Por contraste, Dante respondió con calma:

–Mi hija tiene problemas de comportamiento –Katrina fue a intervenir, pero él le dirigió una mirada severa para indicarle que no era el momento de discutir –. No reacciona con normalidad. *Por favor*, explique a sus colegas que pueden estar a unos metros de ella y llamarla por su nombre, pero que ella no responderá –se le quebró la voz, y Matilda le vio cerrar los ojos para recuperar el dominio de sí mismo–. Por favor, dígaselo.

El oficial hizo una señal a un compañero, que salió para transmitir la orden. Luego, continuó haciendo preguntas.

–Le dio algo de beber, ¿qué pasó después?

–Abrí un poco más la ventana. Tiene un tope, así

que Matilda no pudo abrirla lo bastante como para escapar por ella. Además… –calló bruscamente y apretó los puños. Parecían faltarle las palabras–, tiene barrotes. Y con la tormenta que se avecinaba… –en aquel momento se oyó un trueno y su rostro se llenó de angustia. Las primeras gotas empezaron a golpear las ventanas. Cada una de ellas les recordaba que la niña estaba sola, en el exterior, a la merced de los elementos.

–¿Algo más? –insistió el policía–. ¿Pasó alguna otra cosa fuera de lo normal? ¿Alguna llamada, algún ruido, cualquier cosa, aunque le parezca irrelevante, que pudiera desestabilizar a su hija?

Dante miró a Matilda.

–No –respondió con vehemencia, y apartó la mirada. El sentimiento de culpa que ella vio reflejado en sus ojos le indicó que la única persona a la que Dante pretendía proteger, y con toda la razón, era a su hija–. Oficial, ¿puedo hablar con usted en privado?

–¿De qué? –preguntó Katrina al verlos salir–. ¿Qué nos ocultas, Dante? ¿Qué sucedió anoche que yo no pueda saber?

Matilda la observó paralizada. Katrina se respondió a sí misma.

–¡Zorra! –exclamó con desdén. Y Matilda se estremeció–. Llevas el albornoz de Dante –Katrina la miró con odio. Sus labios estaban pálidos y rígidos–. Estabas en la cama con él, ¿no es cierto? Por eso la pobre niña ha huido.

–Te juro que no pudo verme –dijo Matilda–. Dante y yo estábamos dormidos cuando se abrió la puerta…

–¡Y la niña vio a una mujer que no era su madre en la cama de su padre! ¿Te das cuenta de lo que has hecho?

–Katrina, déjalo –dijo Dante al entrar en la sala con un tono amenazador que no surtió efecto en Katrina.

–No pienso dejarlo –lanzó una mirada furibunda a ambos. Su rostro se retorcía en una mueca de asco–. ¿Os vio Alex? –los ojos se le salían de las órbitas–. La pobre niña entró en el dormitorio y os encontró…

–No fue así –dijo Matilda.

–¡Cállate! –gritó–. ¡Calla la boca ahora mismo! Tú no eres nadie. ¡Nadie!

–¡Katrina! –Dante cruzó la habitación hacia ella–. Comportándote así no eres de ninguna ayuda.

–¡Desde luego que no! ¿Cómo has podido pensar, Dante, que acostándote con *ésa* ayudarías a tu hija? ¿Acaso pensabas que pisotear el recuerdo de mi hija iba a ayudarla? Supongo que ni te molestaste en pensarlo. Te lo advertí, Dante, te dije que tuvieras cuidado, que Alex no se enterara de tus pequeños líos. Pero llega una…

–¡He dicho que se acabó! –sin necesidad de gritar, el tono helado que utilizó Dante logró callar a su suegra.

Matilda se humedeció los labios e intervino.

–Lo mejor que podemos hacer es proporcionar toda la información que tenemos y ayudarles a buscar a Alex. Discutir no nos conducirá a nada.

–Tiene razón –dijo Dante, dirigiéndose a Katrina. Matilda se quedó desconcertada momentáneamente, pero estaba demasiado ocupada preguntándose cuál sería el mejor lugar para buscar a Alex como para analizar la actitud de Dante.

Sólo al oír lo que dijo a continuación fue consciente de que la angustia que la había invadido nada más despertarse no había hecho más que empezar. Nada de lo que Katrina le había dicho le dolió tanto como el rostro de Dante cuando se volvió hacia ella con una expresión fría y distante, y le dijo:

—Matilda, creo que deberías irte…

—¿Marcharme? —Matilda sacudió la cabeza con incredulidad—. Dante, no me excluyas. Anoche dijiste…

—Anoche fuiste su fulana —gritó Katrina—. Ayer te dijo lo que fuera necesario para meterte en su cama. Dante amaba a mi hija —su voz sonaba cada vez más aguda, casi histérica—. Jasmine aún está caliente en su tumba. ¿De verdad creías que podías ocupar su lugar? ¿Creíste que Dante era sincero, que ensuciaría el recuerdo de Jasmine contigo?

—Nadie pretende olvidar o ensuciar el recuerdo de Jasmine —intervino Dante, lívido.

—¡Porque nadie puede hacerlo! —estalló Katrina—. Porque si amabas de verdad a mi hija, lo de anoche no puede haber sido más que una aventura. ¡Y yo sé que la amabas de verdad!

—Así es —replicó él—. La amé, y la amo —abrió los brazos en un gesto de desesperación—. Pero en este momento mi único pensamiento es Alex. Sólo sé que mi pequeña está ahí fuera y…

—Déjame ayudar a buscarla —suplicó Matilda. Pero Dante le dio la espalda, exigió al oficial más eficacia y marcó un número de teléfono—. Dante, por favor…

–¿Quieres ayudar? –cuando él por fin se volvió a mirarla, su rostro le resultó irreconocible –. Si de verdad quieres ayudar, Matilda, harás lo que te pido y te irás a tu casa. Será lo mejor.

–¿Para quién? –susurró ella, castañeteando los dientes. Antes de oírla adivinó la respuesta.

–Para todos.

Le llevó diez minutos hacer la maleta, llevarla al coche y desaparecer de la vida de Dante. De su boca pugnaba por escapar un grito que sus dientes frenaban. Deseaba insultar a Dante, abofetearlo, enfrentarse a él. No comprendía cómo podía haber cometido el mismo error una vez más, cómo había sido tan estúpida como para dejar que la engañara de nuevo. Pero por encima de cualquier otro sentimiento estaba el horror de saber que una niña estaba perdida. Eso era peor que cualquier humillación o dolor que ella pudiera sufrir.

La lluvia le mojó el brazo al tirar la maleta en el maletero, y se estremeció al pensar en el efecto que tendría en la pequeña, que sólo llevaba puesto el pijama.

–Señorita, necesitamos su número de teléfono –el joven oficial le llamó a la ventanilla cuando estaba a punto de poner el coche en marcha. Apuntó el número en un trozo de papel y se lo dio.

–¿Puedo ayudar de alguna manera en la búsqueda?

–Un momento por favor –el policía conectó la radio al ver que recibía un aviso. Matilda esperó con el corazón en un puño al darse cuenta por el tono de voz del oficial y por los retazos de conversación que oía que había pasado algo importante.

–¿La han encontrado? –preguntó, esperanzada.

–Primero tengo que comunicárselo a su padre –respondió él, alejándose hacia la casa.

Matilda bajó del coche y corrió para darle alcance.

–¿Está bien?

–No estoy seguro –replicó él a regañadientes–. La han encontrado deambulando por unas dunas. Parece estar bien, pero no habla. La van a llevar al hospital…

–En ella es normal no hablar –Matilda sintió una burbujeante alegría en el pecho–. ¡Tengo que ir a decírselo a Dante…!

–Señorita, en mi opinión… –la forma en la que el oficial se dirigió a ella hizo detenerse a Matilda. Con cara de saber lo que decía, y mirándola fijamente a los ojos, él añadió–: Tengo la impresión de que, al menos por el momento, es mejor que deje a esta familia. Los nervios están a flor de piel. En un par de días o tres las aguas habrán vuelto a su cauce, pero ahora mismo, creo que lo mejor es que siga el consejo del señor Costello y se vaya a su casa.

Capítulo 11

HACER cualquier cosa, incluso ordenar su pequeño apartamento, le costaba un esfuerzo sobrehumano, pero Matilda sabía que debía mantenerse activa y poner orden en su mente antes de enfrentarse a la que iba a ser la tarea más difícil de su vida: aceptar que Dante no formaría parte de ella.

Pasaba el aspirador mientras intentaba que el ruido de la máquina ahogara sus pensamientos o al menos los aletargara. Necesitaba encontrar algo de paz, unos minutos de respiro.

Dos semanas antes ni siquiera conocía a Dante, y de pronto, había pasado a ser el centro de su existencia, a ocupar su mente y su espíritu. Cada respiración, cada poro de su cuerpo lo reclamaba, quería estar junto a él. Pero al mismo tiempo Matilda estaba furiosa. Un río ardiente de rabia la recorría cada vez que pensaba que Dante ni siquiera se había molestado en dejarle saber si su hija estaba viva o muerta. Era evidente que creía que, como él, el resto del mundo era capaz de aparcar sus sentimientos y aislarse de las emociones para vivir en un lugar en el que la luz podía apagarse de manera que la verdad quedara oculta por la penumbra.

Matilda llevaba en casa cuatro días, y Dante no

había sido capaz de levantar el auricular y decirle cómo se encontraba Alex. ¿No era ni siquiera merecedora de ese detalle?

Las primeras dos noches, Matilda lo había visto en las noticias de televisión, saliendo del juzgado precipitadamente, negándose a responder las preguntas de la prensa. Había leído los periódicos tratando de adivinar algún mensaje codificado en las breves declaraciones que se citaban. Pero verlo y leer sobre él sabiendo que nunca sería suyo se había convertido en una tortura, así que había decidido entretenerse con cualquier cosa, ocuparse tanto que su mente se adormeciera. Aun así, sabía que era inútil, que aunque trabajara hasta desmayarse o llenara su agenda de compromisos, aunque saliera cada noche con amigos, nunca escaparía del todo, que lo más a lo que podía aspirar era a que la agonía se mitigara lo bastante como para poder respirar con algo más de facilidad.

Apagó el aspirador bruscamente y, tal y como había hecho en los últimos días, fue hacia su ropero y sacó el albornoz de Dante que había metido sin darse cuenta en su maleta al salir precipitadamente de su casa. Lo acarició entre sus dedos al tiempo que se decía que lo sensato sería lavarlo, hacer un paquete y mandárselo por correo. Pero era la única tarea que seguía retrasando, patéticamente consciente de que, aparte de sus nostálgicos recuerdos, era lo único que le quedaba de Dante. Se sentó en el borde de la cama y hundió la cara en la tela, aspirando con fuerza su aroma.

Con cada respiración lo sentía más cerca y aumentaba la agonía que le causaban su ausencia y su desdén. Un olor que había sido maravilloso se había teñido de dolor. Casi le hacía sentir náuseas la intensidad con la que evocaba su dolor, el suplicio de…

—¡Alex!

Por primera vez en días, Dante dejó su mente, y de los labios de Matilda escapó el nombre de su hija. Pero también por primera vez, la idea que acababa de tener y a la que quería aferrarse, despertó su esperanza y le quitó las ganas de llorar. Sacudió la cabeza para ahuyentar su confusión. No era posible. Seguro que en cuanto la analizara en mayor profundidad descubriría que era errónea, que los problemas de Alex no podían tener un origen tan simple. Pero en lugar de ver el fallo en su razonamiento, cuanto más lo pensaba, más ganas tenía de compartirlo.

—Hugh —le temblaban tanto las manos tras varios intentos de localizar a Dante, que había tenido que marcar el número de Hugh varias veces para acertar—. Necesito hablar con Dante. Su teléfono está desconectado. ¿Hay alguna manera de dar con él durante un receso del juicio?

—No está aquí —Hugh habló en un tono tan bajo y abatido que Matilda tuvo que esforzarse para oírlo.

—¿Puedes darme el teléfono de su secretaria? —preguntó, olvidando todo sentimiento de vergüenza. En aquel momento le daba lo mismo cómo reaccionara Dante. Lo que iba a decirle tenía demasiada importancia como para tener en cuenta cualquier otra consideración.

—Matilda, ¿no has leído los periódicos ni visto la televisión? —preguntó Hugh—. El fiscal ha retirado todos los cargos. El juicio acabó hace dos días y…

–¿Hace dos días? –Matilda intentó apartar la desilusión que la invadió al darse cuenta de que la excusa de Dante para no llamarla no podía ser que estuviera demasiado ocupado con el juicio. Se obligó a concentrarse en el presente y en la razón por la que tenía tanta necesidad de hablar con él–. Hugh, tengo que hablar con él urgentemente –dijo con vehemencia–. Por favor, ¿cómo puedo dar con él?

–Está en Italia.

Matilda quiso creer que había oído mal, se aferró a la posibilidad de que hubiera algún error, pero el tono de abatimiento de Hugh no dejaba lugar a dudas.

Dante se había marchado.

–Me ha pedido que no le llame en varias semanas, Matilda. Necesita un tiempo para aclararse, y yo he respetado sus deseos. De todas formas, su ama de llaves le filtra todas las llamadas. No me dejaría hablar con él, y dudo que…

No llegó a decirlo, pero las palabras que calló llenaron el silencio que se hizo en la línea. Si Dante no estaba dispuesto a hablar con Hugh, ¿cómo iba a querer hablar con ella?

–Hugh –la mente de Matilda trabajaba a toda velocidad. No quería contarle a Hugh lo que creía saber. No podía hacer crecer en él una esperanza que podía ser infundada. Tenía que actuar con cautela–. ¿Podrías darme su dirección?

–No sé… –dijo él, titubeante. Matilda sabía que estaba presionándole para que sobrepasara una línea que Hugh temía cruzar, pero también tenía la seguridad de que Hugh deseaba más que nada en el mundo

que Dante volviera a Australia, y si lo que ella tenía que decir podía contribuir a que lo hiciera, valía
la pena intentarlo—. Supongo que no hay nada malo
en que escribas a Dante. Siempre puede decidir si
leer o no la carta.

Matilda tomó un bolígrafo, conteniendo el aliento.
Cuando Hugh finalmente se la dictó, cerró los ojos
aliviada y respiró hondo.

—Gracias, Hugh —se despidió.

Y a pesar de que nunca había actuado tan aloca-
damente, no vaciló. Buscó en la guía un teléfono antes de hacer la segunda llamada del día. No quería
reflexionar ni evaluar los inconvenientes de lo que
iba a hacer. No quería correr el riesgo de arrepentirse de la decisión que había tomado.

—Quiero reservar un billete para Roma, por favor.

—¿Para cuándo?

Matilda se pasó la mano por el cabello. Podía oír
a la mujer teclear. Respiró profundamente y dejó
que sus labios pronunciaran las palabras más arries-
gadas que había pronunciado en toda su vida:

—En el próximo vuelo disponible, por favor.

Capítulo 12

LO SIENTO, pero no queda sitio en este vuelo. Matilda miró incrédula a mujer de uñas perfectas que tecleaba en el ordenador. No daba crédito a lo que acababa de oír, no podía creer que hubiera reservado y pagado un asiento que ya estaba asignado a otra persona, que fuera algo habitual que se produjera *overbooking* y que ni siquiera tuviera derecho a reclamar porque, si leía la letra pequeña del billete, comprobaría que no tenía nada que hacer. Como mucho, esperar al siguiente vuelo.

—¿Cuándo sale el próximo vuelo? —preguntó con voz temblorosa.

—Hay sitio en uno, mañana a las once.

Para Matilda fue como si le hubiera dicho que no podría partir hasta el año siguiente porque, en cuanto lo oyó, perdió parte de su convicción, la abandonó el ímpetu que le había llevado a tomar el teléfono y reservar el vuelo, a hacer la maleta en un tiempo récord, a cancelar trabajos y convencer a su familia de que hacía lo correcto. De pronto se sentía como un globo desinflado.

Y para recuperar el impulso que la había guiado hasta entonces, rezó para recibir una señal. Pero la que recibió fue negativa: las señales de neón sobre la cabeza de la azafata de tierra indicaban que el vuelo estaba lleno.

Había sido una ingenua al creer que lo conseguiría, que convencería a Dante de que la intuición que albergaba en su corazón sobre el problema de Alex era cierta. Tanto su familia como sus amigos habían reaccionado con incredulidad cuando no con sorna. Pero ella estaba convencida de estar en lo cierto. Por eso tenía que ver a Dante cara a cara. No podía ni escribirle ni esperar al día siguiente, porque no estaba segura de cuánto le duraría aquella convicción o cuándo la razón conseguiría desmontar el argumento en el que, al menos en aquel momento, creía a ciegas.

Creía en él porque lo había experimentado personalmente.

—Podemos ofrecerle un reembolso.

—No es eso lo que quiero —Matilda sacudió la cabeza—. Tengo que tomar este vuelo —se oyó hablar, reconoció su propia voz, pero no se identificó con la firmeza y vehemencia con que las pronunció—. Tengo que subir en ese avión porque si no, sé que nunca voy a…

Matilda había sido testigo de escenas parecidas numerosas veces, gente protestando por no tener plaza, gritando furiosos exigiendo una solución, y siempre, desde el confort de su asiento, había sentido lástima por ellos porque sabía que, hicieran lo que hicieran, si el avión estaba lleno, si la puerta de embarque se había cerrado, no tenían nada que hacer.

—Puerta número diez

—¿Perdón? —Matilda se sobresaltó, y vio que la

mujer ponía una etiqueta a su maleta y hacía correr la cinta. Luego tomó la tarjeta de embarque de la impresora y se la entregó.

—Puerta número 10 —dijo en tono impersonal—. Están embarcando primera y clase business. Será mejor que se dé prisa.

Matilda viajaba poco, pero no era una novata, así que mientras atravesaba el control de pasaportes precipitadamente y corría por el pasillo enmoquetado del aeropuerto, sabía que sus próximas veinticuatro horas dependían de un sencillo gesto.

A la derecha, clase económica.

A la izquierda, primera.

—Buenas tardes, señorita Hamilton —el asistente de vuelo, rubio y encantadoramente gay, le dio la bienvenida. Matilda contuvo la respiración y le dio el billete. Él lo miró y le señaló su asiento—. Vaya a la izquierda. Está en la primera fila después de las cortinas.

Y Matilda tomó la decisión final. Se sentó en su cómodo asiento y aceptó la copa de champán que le ofreció una azafata. No tenía importancia saber que no podía permitirse pagar un billete como aquél, ni que estuviera cometiendo una locura al ir al otro extremo del mundo por una mera intuición. Había pedido una señal y la había recibido. Estaba haciendo lo correcto, no para sí misma, tampoco para Dante, sino para Alex.

A pesar del cansancio, de que eran las seis de la mañana de un día frío y gris y de que paseaba un corazón destrozado, Matilda decidió que Roma tenía que ser la ciudad más hermosa del mundo. Le resultó tan maravillosa que, cuando la recepcionista del hotel le anunció que su habitación tardaría en estar lista un par de horas, se alegró de poder seguir paseando.

Fascinada, fue testigo del despertar de la ciudad, los coches y las motocicletas fueron llenándola de ruido, gente elegante y guapa salía de sus casas charlando animadamente. Caminaban deprisa o se paraban a tomar un café increíblemente fuerte. Todo el mundo menos ella parecía tener un destino. Ella, por contraste, paseó por calles adoquinadas en las que se daba una combinación perfecta de riqueza histórica y modernidad, como los numerosos edificios antiguos que albergaban en su interior exquisitas tiendas de moda. Era el mundo de Dante, y él estaba cerca. ¿Cómo iba a ponerse en contacto con él? ¿Cómo hacerle saber que estaba allí?

Mensaje enviado.

Matilda se quedó mirando la pantalla del teléfono que tanto odiaba y al que por primera vez en su vida se sentía agradecida por haberle proporcionado la posibilidad de ponerse en contacto con rapidez y sin necesidad de hablar.

O quizá no tan rápidamente. Matilda pidió otro café mientras observaba con admiración a una Sofía Loren contemporánea beber, fumar, leer y mandar un mensaje de texto al mismo tiempo. Ella había tenido que hacer varios intentos fallidos antes de lograr escribir el suyo a Dante. Le había dicho dónde se encontraba y que necesitaba hablar con él. Un mensaje breve, directo e impersonal.

Todo lo que ella no había logrado ser.

Pero al comprobar que su mensaje no recibía respuesta, cuando al mirar el reloj se dio cuenta de que su habitación ya debía de estar lista y sacó el monedero para pagar, sólo entonces, fue consciente de la magnitud de la locura que había cometido. Súbitamente se dio cuenta de que incluso cabía la posibilidad de que Dante ni siquiera estuviera en Roma. Podía haber hecho escala en Singapur o en Bangkok. Había estado tan ansiosa por hablar con él que no se había planteado la posibilidad de que él se negara a escucharla. Quizá había cometido un error no mencionando a Alex como el motivo de la conversación que quería tener con él. Quizá si le enviaba otro mensaje...

–Matilda.

Matilda se alegró de no haber tomado el teléfono, y retrasó lo más posible el momento de alzar la mirada hacia el rostro cuya pérdida le había roto el corazón. Cuando finalmente se atrevió, descubrió que Dante parecía haber envejecido. Tenía ojeras y estaba sin afeitar, no tenía nada que ver con el abogado que había salido del juzgado de Melbourne unos días antes. Pero su nuevo aspecto, en lugar de quitarle atractivo, le daba un fascinante aire romántico de artista torturado.

Dante se sentó a su lado y se produjo un silencio que, a pesar de las extrañas circunstancias, no se hizo especialmente incómodo. Matilda intentó fijar en su mente cada detalle para poder revivirlo cuando se quedara sola. Dante pidió un café. Cuando el camarero se lo llevó, acompañado de unas pastas, empujó el plato hacia ella.

—No, gracias —Matilda sacudió la cabeza, y Dante tampoco las tocó.

—Está claro que te juzgué mal —dijo él finalmente—. No temes los enfrentamientos.

—Te equivocas, acertaste —Matilda esbozó una sonrisa—. No estoy aquí para enfrentarme a ti, Dante —vio que él la observaba con suspicacia—. Tienes que saber que tengo mucha mejor opinión de mí misma que la que tienes tú, y te aseguro que ir detrás de un hombre que claramente no me desea, no es mi estilo.

Vio cómo se tensaba el rostro de Dante. Luego habló en tono de superioridad, como si creyera más en su criterio que en el de ella.

—Entonces ¿por qué has venido, Matilda? Si no vienes por nosotros, ¿qué te ha traído a Roma?

—Alex —por la mirada de confusión que le dirigió Dante y su ceño fruncido, era obvio que aquélla era la última respuesta que esperaba. Matilda continuó—: Creo que sé lo que le pasa. Pienso que he averiguado qué es lo que la altera, por qué continúa…

—Matilda —Dante hizo un gesto muy latino con las manos, como si ahuyentara las palabras que acababa de oír—, he consultado con los mejores especialistas, han examinado a mi hija de pies a cabeza. Y tú, que apenas la has visto media docena de veces…

—Es culpa del jazmín —Dante calló bruscamente al oír lo que acababa de decir Matilda. Luego hizo ademán de continuar, pero Matilda se adelantó a él. Lo miró con expresión ansiosa. Sabía que Dante sólo la

escucharía un minuto y que debía aprovecharlo al
máximo, que aunque no la creyera en el momento,
tal vez lo hiciera a la semana siguiente, o al mes siguiente, cuando ella hubiera desaparecido completamente de su vida, cuando hubiera superado su dolor;
quizá entonces Dante recordaría y daría credibilidad
a sus palabras–. El *aroma* a jazmín –especificó.
Dante sacudió la cabeza–. El primer día que tuvo un
ataque y que llamaste al médico, me dijiste que os
dirigíais al cementerio.

–¿Y?

–¿Llevaste flores? –al no obtener respuesta de
Dante, Matilda siguió adelante con el corazón palpitante. Aquella información era fundamental, porque
si se equivocaba, su teoría se tambalearía–. ¿Habías
cortado jazmín en el jardín?

–Por supuesto, pero…

–Dante, el día de la muerte de Jasmine, le mandaste flores –continuó Matilda con dulzura–. Y Katrina me contó que llamaste a todas las floristerías de
Melbourne pidiéndoles jazmín. Alex estuvo atrapada con su madre en un coche durante dos horas, de-
sesperada, llamándola, rodeada de ese perfume…

–Pero un olor no puede desencadenar esa reacción –dijo Dante, sacudiendo la cabeza enérgica-
mente, como si se negara a aceptar la posibilidad.

Matilda se consoló pensando que al menos la estaba escuchando. Y a medida que hablaba, más convencida estaba de tener razón, de que la intuición
que la había arrastrado hasta Roma era acertada.

–Los problemas de Alex comenzaron en primavera, Dante, cuando el jazmín empieza a florecer. Y

cuando se puso tan mal que no pudiste soportarlo, la trajiste a Italia…

—Mejoró durante un tiempo —dijo Dante—. Y no pasó nada hasta…. —se llevó la mano a la boca y abrió los ojos cuando Matilda concluyó por él.

—Hasta que volvió la primavera. Dante, no huyó porque nos viera en la cama juntos, sino porque abriste la ventana. Había mucha humedad; el aroma debió llenar el dormitorio…

—¿Intentaba huir del olor?

—No lo sé —musitó Matilda—, no sé qué hay en su mente. Sólo sé que tengo razón, Dante.

—Si estuviera en lo cierto, ¿qué se supone que debo hacer? —preguntó él en tono desafiante—. No puedo hacer que el olor a jazmín desaparezca de la faz de la tierra o que Alex no vuelva a olerlo jamás…

—¿Por qué siempre tienes que ser tan radical? ¿Por qué ves el mundo en blanco y negro? Como las cosas no van bien, me cambio de país. Oh, es una mujer agradable, será mejor que la trate mal. A Alex le sienta mal el jazmín, así que tengo que lograr exterminarlo. No, Dante. Basta con que, una vez descubierto el problema, pienses cómo afrontarlo. Tendrás que hablar con los expertos, con los médicos… —Matilda se encogió de hombros y tomó su bolso con decisión.

—¿Te vas? —Dante se puso en pie con el ceño fruncido.

—Éste era el objetivo de mi viaje.

—¿Nada más? —dijo Dante con sorna. Era evidente que no la creía—. Podrías haberlo escrito.

—¿Crees que hubieras leído la carta? —replicó

ella–. ¿Te habrías puesto al teléfono? Y de haberlo hecho, ¿me habrías creído si no te lo hubiera dicho en persona?

–Probablemente no –admitió Dante.

–Por eso he venido –dijo ella, y se encaminó hacia la puerta con la cabeza bien alta. Cuando pisaba la acera, la detuvo la voz de Dante.

–¿Quieres hacerme creer que has volado desde la otra punta del mundo por una niña a la que apenas conoces?

–No pretendo hacerte creer nada, Dante –las barreras de contención se rompieron. Matilda caminó hacia él con gesto airado y la mirada encendida–. Te *he dicho* que no he venido a hablar de nosotros. A ver si consigues entender que no necesito que me dediques un discurso concluyente; no hay un jurado ante el que puedas lucirte. Te marchaste sin tan siquiera despedirte, lo cual ya representa un mensaje en sí mismo. Te aseguro que no pienso permanecer como un satélite de tus emociones, esperando a que me des permiso a entrar para luego volver a echarme.

–Te dije desde el principio que no podíamos mantener una relación –dijo él entre dientes.

–Y tenías razón –dijo Matilda–. Porque para tener una relación hay que confiar, compartir y dar, y tú estás incapacitado para todas esas emociones.

–Matilda, tengo una niña que está cada vez más enferma. Manteniéndome distante te estaba haciendo un favor. ¿Cómo iba a pedirte que cambiaras tu vida por nosotros? Es mejor así y...

–¡No te atrevas! –gritó Matilda, dejando perplejos a Dante y a todo aquél que estaba a unos metros de distancia. Hasta para los italianos, su tono apasionado resultaba un tanto excesivo para las ocho de la mañana. Pero a Matilda le resultaba indiferente lo que pudiera pensar nadie–. ¡No te atrevas a decidir que es lo mejor para mí cuando ni siquiera te has dignado a preguntármelo! Yo te amaba, y a ti te daba lo mismo, has desaparecido de mi vida sin tan siquiera molestarte en decir adiós, pero no oses decirme que lo has hecho por mi bien, no te atrevas a decirme que me has hecho un favor cuando, que yo sepa, no te he pedido nada. He volado desde el otro extremo del mundo porque me importa Alex y sé que, con el tiempo, habría llegado a quererla. La habría amado porque forma parte de ti. Y lo sabes perfectamente, Dante, lo sabes –Matilda le clavó el dedo en el pecho–. No has querido que te amara, eso es todo. Todo lo demás son excusas. Amas a Jasmine y siempre la amarás.

–Amaba a Jasmine… –empezó Dante.

Pero Matilda dio media vuelta y se marchó porque no podía soportar seguir viéndolo. Se abrió paso entre la gente que los rodeaba y echó a correr porque sabía que estaba a punto de perder los papeles. Estar junto a él sabiendo que nunca sería suyo era más de lo que su corazón podía aguantar. Le había dicho todo lo que se había propuesto decirle y mucho más. No tenía nada más que darle, nada más que recibir. No necesitaba las migajas de consuelo que Dante quería ofrecerle, no quería oír que, en otra ocasión, en otro lugar, tal vez hubieran podido darse una oportunidad.

–Matilda –Dante le sujetó la muñeca. Matilda la

sacudió para liberarse, pero él la obligó a girarse y mirarlo–. ¡Escúchame!

–No tenemos nada más que decirnos.

–Por favor.

Aquéllas palabras hicieron el milagro. Matilda jamás se las había oído pronunciar.

–Por favor –repitió él. Y Matilda movió la cabeza levemente a modo de asentimiento.

Dante le tomó la mano y la condujo en silencio hasta un banco próximo. Matilda lloraba por la intensidad de las emociones que acababa de destapar. Se abrazó a sí misma al tiempo que se mordisqueaba el labio. Estaba segura de que Dante quería volver a decirle que lo suyo era imposible, que jamás funcionaría.

–Amaba a Jasmine… –empezó él lentamente. Matilda bajó la mirada hacia sus dedos entrelazados. Con los ojos llenos de lágrimas descubrió, desconcertada, que por primera vez Dante no llevaba su alianza de boda. Pero aún más le desconcertaron las palabras que añadió Dante–: Pero nunca de esta manera.

–¿De qué manera? –preguntó ella con voz quebradiza.

–De *ésta* –Dante apenas susurró, pero Matilda percibió una pasión en su tono que le obligó a mirarlo a los ojos, y allí encontró la respuesta–. Como *este* amor.

Dante no necesitó explicarse más porque Matilda sabía perfectamente a qué se refería: a un amor abrasador, tan devastador que sólo podía experimentarse una vez en la vida. Y fue entonces cuando, por primera vez, intuyó el espantoso sentimiento de culpa que Dante debía de haber sentido. Él la estrechó contra sí como si necesitara sentirla cerca para continuar.

—El día que Jasmine murió, habíamos discutido. Discutíamos todo el tiempo —hizo una pausa, y Matilda lo miró expectante. Sabía que debía contar aquello a su ritmo—. Cuando conocí a Jasmine tenía una carrera profesional prometedora y no tenía la menor intención de asentarse o tener una familia, y yo pensaba lo mismo. Nos llevábamos bien. Ninguno de los dos tenía que dar explicaciones sobre la cantidad de horas que dedicábamos al trabajo. Nuestra relación funcionaba bien, Matilda, muy bien, hasta que… —Matilda le sintió tensarse y lo abrazó con fuerza—. Jasmine se enteró de que estaba embarazada. A los dos nos tomó por sorpresa. No lo habíamos planeado, ninguno de los dos lo quería. Sin embargo… —Dante tomó la barbilla de Matilda y le hizo mirarlo—, yo fui entusiasmándome. Amaba a Jasmine y ella iba a tener mi hijo, ¿qué más podía querer?

—¿Y no fue suficiente? —dijo Matilda. Y su voz sonó distorsionada porque su boca estaba pegada al pecho de Dante.

—No. O al menos no lo fue para Jasmine. Nos casamos en seguida y compramos la casa que conoces. Durante meses las cosas fueron bien, pero a medida que pasaron los meses y Jasmine fue engordando, también fue irritándole el efecto que su embarazo podía tener en su carrera. Estaba decidida a volver a trabajar en cuanto naciera el bebé, a continuar con su vida como si no hubiera pasado nada. Y fue entonces cuando comenzamos a pelearnos porque iba a nacer nuestro hijo y las circunstancias, por más que ella pretendiera lo contrario, iban a cambiar. Yo intenté tranquilizarme y confiar en que Jasmine vería las cosas de otra manera cuando diera a luz. Pero no fue así. Contrató a una excelente niñera y volvió a trabajar a las seis semanas. Apenas veía a Alex. Yo comprendo que las mujeres trabajen, pero me cuesta aceptar que descuiden a sus hijos, y menos si no necesitan dinero. A partir de ese momento las discusiones fueron cada vez más frecuentes y muy acaloradas.

—La gente se pelea, Dante... —Matilda intentó consolarlo, pero sabía que no lo conseguiría. A pesar de lo cerca que estaban el uno del otro, podía sentir la barrera que rodeaba a Dante tras la que él estaba solo con su dolor. Un dolor que ella ansiaba poder borrar.

—Sé que se sentía atrapada —continuó Dante con amargura—. Lo sé porque yo me sentía igual. Pero ninguno de los dos tuvo el valor de admitirlo. La mañana del accidente, Jasmine iba, *una vez más*, a trabajar. Era sábado, la niñera tenía el día libre y *una vez más*, Jasmine me pidió que me quedara con Alex. Pero en aquella ocasión me negué. No, no, no... —repitió como si fuera un mantra obsesivo—. No. Tú eres la madre. Por una vez te debes quedar con ella. Yo voy a salir. Le dije que Alex se merecía una madre. Le dije cosas espantosas... —se le quebró la voz.

—Dante, la gente dice cosas terribles cuando se pelea. Lo malo es que no tuviste la oportunidad de retirarlas.

–Lo intenté. Incluso mientras discutíamos quería parar, disculparme por lo que estaba diciendo. No quería que nos separáramos. No quería que Alex creciera en un hogar roto. Llamé, y el ama de llaves me dijo que Jasmine se había llevado a Alex a la oficina. No contestó cuando llamé, y encargué a una floristería para que le mandara flores. Pedí que en la tarjeta escribieran que lo único que quería era que volviera a casa… Pero nunca volvió.

–¡Dios mío, Dante…! Matilda quería ser fuerte y decir las palabras precisas para animarlo, pero sólo pudo llorar por él, por Jasmine y por aquel estúpido error del que no eran culpables ninguno de los dos–. Jasmine estaba volviendo a casa –dijo finalmente, presionando su mejilla contra la de él para transmitirle calor–. Recibió tus flores, y supo que estabas arrepentido…

–Pero no lo bastante arrepentido –Dante cerró los ojos con amargura. Su rostro se contrajo en una mueca de dolor–. No lo bastante porque seguía enfadado. Seguíamos teniendo problemas, y aunque no hubiera muerto, sé que antes o después, nuestro matrimonio habría fracasado.

–Eso no puedes saberlo, Dante, porque nunca tuviste la oportunidad de saberlo –dijo Matilda con dulzura–. ¿Quién sabe qué habría pasado si Jasmine hubiera vuelto aquel día? Quizá habríais hablado y hubierais…

–Puede ser –dijo Dante, pero Matilda intuyó que no lo creía, que no tenía ninguna convicción–. ¿Sabes qué es lo peor? Que la gente piense que me merezco su compasión.

—Pero es que la mereces, Dante —dijo Matilda—. Que tuvierais problemas no significa que fuerais malas personas.

—Es posible —Dante suspiró—. Pero no me siento capaz de romper la burbuja de Katrina y de Hugh, no puedo decirles que su hija no fue feliz durante los últimos meses de su vida.

—No tienes por qué decirles nada —Matilda sacudió la cabeza—. Si es que tienes que decirles algo, diles que Jasmine te hizo tan feliz que quieres volver a tener una experiencia tan maravillosa como la que ella te proporcionó —tomó el rostro de Dante en sus manos y lo miró a los ojos con una sonrisa, no porque lo que estaba diciendo fuera divertido, sino por lo sencillo que le resultaba ayudarle—. No hiciste nada malo. Nada —insistió.

—Pero imagina que hubiéramos coincidido en el ascensor hace dos años —dijo Dante—. Imagina que, después de una nueva pelea con Jasmine, hubiera aparecido el amor de mi vida. Desprecio a Edward por lo que te hizo y, sin embargo…

—Jamás —Matilda sacudió la cabeza con una convicción que desconcertó a Dante—. No le habrías hecho eso a Jasmine, y lo sabes tan bien como yo. ¿Cómo ibas a haberlo hecho si ni siquiera te dejas llevar ahora que no está?

Dante reflexionó unos instantes y finalmente asintió.

—No te tortures con preguntas que nunca tendrán respuesta —dijo Matilda con dulzura—. Jasmine y tú lo hicisteis lo mejor posible. Aférrate a la idea de que os amabais lo suficiente como para seguir intentándolo. Tú le mandaste flores y le pediste que volviera casa, y eso era exactamente lo que Jasmine pensaba hacer. Ésa es la única verdad.

Y Matilda vio cómo el rostro de Dante iba transformándose a medida que la esperanza se hacía un hueco en su corazón, y sus ojos se iluminaron. Pero de pronto, cuando la voz de Matilda pasó de la dulzura al enfado al tiempo que se cruzaba de brazos, frunció el ceño.

—¡Cómo puedes ser tan arrogante, Dante! —exclamó ella.

—¿Qué he hecho? —preguntó él, desconcertado.

—¡Cuestionarte si habrías sido capaz de tener una aventura conmigo, como si yo no tuviera nada que decir al respecto! Pues has de saber, Dante Costello, si te hubieras atrevido a tocarme, te habría abofeteado. ¡Jamás hubiera tenido un romance con un hombre casado!

—¡A no ser que fuera tu marido! —dijo Dante, tomándole el rostro y besándoselo apasionadamente—. Por si no te has dado cuenta, acabo de hacerte una proposición.

Matilda le devolvió el beso. Fue Dante quien se separó para exigir una respuesta.

—Acabo de responderte afirmativamente —Matilda sonrió y le ofreció los labios para que siguiera besándola—. ¿O es que no te habías enterado?

Epílogo

¿ESTÁS bien?

Matilda, que estaba de pie en el jardín de Alex, se secó las lágrimas al oír a Dante acercarse. No quería que le viera llorar. Ya era un día lo bastante difícil para él como para que ella se dejara llevar por sus propias emociones.

–Perfectamente –dijo, forzando una amplia sonrisa al tiempo que se volvía. Pero al ver a Dante caminar hacia ella con Alex a su lado, al tiempo que protegía a su bebé del sol con la mano, no pudo contener las lágrimas.

–No pasa nada por estar triste –dijo él dulcemente–. Tú misma me lo dijiste.

–Es cierto –Matilda tragó saliva. Y al oír aproximarse el camión de la mudanza a la casa, se apoyó en Dante y sollozó–. Lo siento. En lugar de dejarme llevar por la tristeza debería ser fuerte y ayudarte a superar tu pena. Después de todo, ésta es tu casa y...

–Nuestra casa –le corrigió Dante, pero Matilda sacudió la cabeza.

–En ella vivisteis Jasmine y tú, así que no intentes decirme que te da lo mismo.

–Claro que no me da igual –admitió Dante, bajando la vista hacia Joe y acariciándole la mejilla–, pero mientras le daba el biberón a Joe pensando en nuestra nueva casa, Alex estaba alrededor mío, parloteando y riendo al tiempo que comprobaba que había metido todas sus muñecas en una bolsa, y te juro que he sentido una paz inmensa. De pronto he tenido la certeza de que Jasmine se alegraba por mí, por fin he podido admitir que… —en lugar de terminar, sonrió tímidamente e intentó cambiar de tema, pero Matilda no le dejó.

—Dímelo, Dante —insistió, tal y como todavía tenía que hacer ocasionalmente—. Puedes decirme qué pensabas.

—Que la amé —Dante la miró fijamente para observar su reacción y disculparse si era preciso. Pero Matilda sonrió—. No te importa que te lo diga, ¿verdad?

—Claro que no, Dante —dijo ella vehementemente—. Lo lógico es que la amaras.

—Sé que cometimos errores y dudo que hubiéramos seguido juntos, pero a veces, cuando veo a Alex reír, o cuando hace alguna monería, me recuerda a Jasmine, y por fin tengo buenos recuerdos de ella. Por eso sé que está en paz y que está orgullosa de las decisiones que he tomado. Y sabe que todo te lo debo a ti.

Matilda no intentó disimular las lágrimas mientras apoyaba la cabeza en el hombro de Dante.

—Está bien que cambiemos de casa —continuó él—, y que queramos comenzar una nueva vida con nuestra pequeña familia.

—Pero que miremos al futuro no significa que debamos olvidar el pasado —dijo Matilda—. Incluso Katrina parece dispuesta a aceptarlo.

Y así era. Durante las agitadas semanas que siguieron a la revelación de Dante, fue difícil no llegar a odiarla, pero finalmente Matilda había logrado aceptar a Katrina como lo que era: una madre que había perdido a su hija y que estaba aterrorizada de que el mundo siguiera adelante y enterrara su recuerdo. Poco a poco las aguas habían vuelto a su cauce. Los rápidos y sorprendentes progresos de Alex, la actitud respetuosa de Dante y la paciencia de Matilda, habían terminado por ablandar al más duro de los corazones que les rodeaban.

—Tenemos que dar este paso –dijo Dante–. Tenemos que construir nuevos recuerdos, nuevos jardines, y mirar hacia el futuro para… –no pudo terminar porque una jovencita celosa se abalanzó sobre ellos y los rodeó con sus brazos para no quedar excluida del un grupo en el que estaba un hermano al que miraba con desconfianza.

—Lo haremos entre todos –Matilda rió al tiempo que tomaba a Alex en brazos y cerraba los ojos al recibir una lluvia de besos–. Todos juntos.

Bianca®

**Primero llevó sus joyas… y después él la chantajeó
para acostarse con ella…**

Lucir aquellos valiosos
diamantes era uno de los
trabajos más prestigiosos
que había hecho la modelo
Anna Delane. Cuando las
joyas desaparecieron, Anna
quedó a merced del magna-
te griego Leo Makarios…

Leo estaba seguro de
que la exquisita Anna no
era más que una vulgar la-
drona y estaba dispuesto a
hacer todo lo que estuviese
en su mano para recuperar
los diamantes. Así pues, la
llevó a una exótica isla y se
dispuso a poner en práctica
su despiadado plan: antes
de que se pusiera el sol,
Anna sería suya y, cuando
volviera a salir por el horizonte, la modelo sería libre
de marcharse… Para enton-
ces la deuda habría quedado saldada.

Cadenas de diamantes

Julia James

Acepte 2 de nuestras mejores novelas de amor GRATIS

¡Y reciba un regalo sorpresa!

Oferta especial de tiempo limitado

**Rellene el cupón y envíelo a
Harlequin Reader Service®**
3010 Walden Ave.
P.O. Box 1867
Buffalo, N.Y. 14240-1867

¡Si! Por favor, envíenme 2 novelas de amor de Harlequin (1 Bianca® y 1 Deseo®) gratis, más el regalo sorpresa. Luego remítanme 4 novelas nuevas todos los meses, las cuales recibiré mucho antes de que aparezcan en librerías, y factúrenme al bajo precio de $3,24 cada una, más $0,25 por envío e impuesto de ventas, si corresponde*. Este es el precio total, y es un ahorro de casi el 20% sobre el precio de portada. !Una oferta excelente! Entiendo que el hecho de aceptar estos libros y el regalo no me obliga en forma alguna a la compra de libros adicionales. Y también que puedo devolver cualquier envío y cancelar en cualquier momento. Aún si decido no comprar ningún otro libro de Harlequin, los 2 libros gratis y el regalo sorpresa son míos para siempre.

416 LBN DU7N

Nombre y apellido	(Por favor, letra de molde)

Dirección	Apartamento No.

Ciudad	Estado	Zona postal

Esta oferta se limita a un pedido por hogar y no está disponible para los subscriptores actuales de Deseo® y Bianca®.
*Los términos y precios quedan sujetos a cambios sin aviso previo.
Impuestos de ventas aplican en N.Y.

SPN-03   ©2003 Harlequin Enterprises Limited

Jazmín®

El amor más querido
Betty Neels

Titus Tavener era un exitoso médico con mucho trabajo y sin esposa. Arabella había solicitado el puesto de ayudante de su clínica y ama de llaves de su casa, pero aceptó encantada el otro trabajo que le ofreció Titus. Era una oferta que no podía rechazar, pero no sospechaba que todo se complicaría si se enamoraba de él...

"Quiero casarme, pero no estoy enamorado de ti..."

Deseo®

Un vecino poco amistoso

Jan Colley

Lo que menos necesitaba en aquel momento el empresario neozelandés Conner Bannerman era tener como vecina a una impresionante presentadora de televisión recién convertida en periodista de sociedad. Conner valoraba su intimidad por encima de todo y no creía que Eve Drumm hubiera dicho la verdad cuando había asegurado que él no tenía nada que pudiera interesarle. Estaba claro que su encantadora vecina tramaba algo y, teniendo que proteger un proyecto de un millón de dólares, Conner no pensaba dejar que Eve le estropeara los planes.

Así que tendría que tener muy vigilada a aquella belleza…

**Estaba dispuesto a utilizar todos los medios
a su alcance para mantener cerca
a su «peligrosa» vecina…**

¡YA EN TU PUNTO DE VENTA!